현대
마검전

FUSION FANTASTIC STORY
아히루 장편 소설

현대마검전 1

아히루 장편 소설

초판 1쇄 찍은 날 § 2012년 8월 28일
초판 1쇄 펴낸 날 § 2012년 9월 3일

지은이 § 아히루
펴낸이 § 서경석

편집부장 § 권태완
편집책임 § 어정원
디자인 § 이혜정

펴낸곳 § 도서출판 청어람
등록번호 § 제1081-1-89호
등록일자 § 1999. 5. 31
어람번호 § 제1-1452호

주소 § 경기도 부천시 원미구 심곡2동 163-2 서경B/D 3F (우) 420-822
전화 § 032-656-4452 팩스 § 032-656-4453
http://www.chungeoram.com
E-mail § chungeorambook@daum.net

ⓒ 아히루, 2012

ISBN 978-89-251-2989-1 04810
ISBN 978-89-251-2988-4 (세트)

현대 마검전 ①

아히루 장편 소설

FUSION FANTASTIC STORY

도서출판 청어람

CONTENTS

Prologue   7

Chapter 1 이차원에서 온 원시인   21

Chapter 2 마검을 노리는 자?   37

Chapter 3 변호사 등장!   63

Chapter 4 추적자들   93

Chapter 5 결론은 마법   127

Chapter 6 동행, 굴러들어온 복덩이   161

Chapter 7 새디스트 재오 씨   189

Chapter 8 복덩이?   219

Chapter 9 화재 속의 마법사   243

Chapter 10 그들, 판도라의 상자를 열다!   265

Chapter 11 그리고 남은 한 단어   293

프롤로그

그날은 유난히 비가 많이 내리고 있었다.

카메라 가방을 메고 있는 재오의 우산 안으로 빗물이 튀어 들어온다.

"이럴 줄 알았으면 미리미리 찍어둘걸. 그래도 오후부턴 갠다니까……."

카메라 가방에 떨어진 빗방울을 털어내며 투덜거리는 재오.

한재오, 그는 서른다섯 살로 서울의 작은 고시원에 살고 있는 프리랜서 사진작가이다.

프리랜서라고 하지만 그리 뛰어난 사진작가는 아니었기에 간혹 들어오는 사진 의뢰를 받아 간신히 입에 풀칠하는 수준이었다.

재오가 지하철을 타기 위해 역 앞 사거리에 다가왔을 무렵이었다.

지하철역 입구에 다가서자 재오는 불현듯 이상한 느낌이 들기 시작했다.

평소 느끼지 못했던 것인데, 지하철 입구 어딘가에서 내뿜고 있는 알 수 없는 기세가 있었다. '이게 뭔가' 하는 생각에 주변을 둘러보는 재오.

이른 시간인지라 출근하는 사람들이 빠른 걸음으로 재오를 지나 지하철역 안으로 들어가거나 지하철역 앞에 있는 사거리 횡단보도에서 신호등이 바뀔 기다리고 있었다.

거리를 두리번거리다 도로 옆에 관상용으로 만들어놓은 작은 화단 흙무더기에 눈길이 갔다.

무언가 뾰족이 솟아나온.

"뭐야, 이건?"

고철이라고 해야 하나?

성인 남자의 한 손바닥만 한 크기로, 손가락 하나 정도 되는 얇은 두께에, 직사각형 모양을 하고 있었다. 한 손이 손가락과 손바닥으로 나눠져 있는 것처럼, 그것도 둘로 나뉘어 있었는데, 유리 재질과 철 재질로 구분이 되어 서로 붙어 있다. 철 재질로 된 부분이 유리 재질로 된 부분보다는 컸고, 두 부분 모두 무언가가 떨어져 나간 듯, 거친 단면을 하고 있다. 특히 유리 부분의 측면은 날카롭게 날이 서 있었다.

재오가 그 날 선 부분을 조심스럽게 만져보는데······.

"까아악!!"

도로에서 들리는 여자의 비명 소리.

그 바람에 칼날 부분을 만지던 재오의 손가락이 베이고 말았다. 새빨간 피가 떨어져 정체를 알 수 없는 고철에 떨어졌다.

따끔한 아픔이 있었으나 재오는 비명 소리가 들린 도로를 향해 몸을 일으키려고 했다.

비명은 사거리에 있는 횡단보도에서 들려왔다.

횡단보도의 신호등이 파란 신호에서 빨간 신호로 바뀌는 순간쯤 되어 20대의 젊은 여자가 횡단보도를 뛰어 건넜는데, 그 순간 검은색의 고급 승용차 하나가 급출발을 했던 것이다.

누가 먼저인지는 알 수 없었으나 분명한 것은 검은색 고급 승용차가 젊은 여인을 향해 돌진하는 상태였는데, 재오가 봤을 때는 그 둘 사이의 거리가 50㎝도 못 되어 보였다.

분명 재오가 뛰어간다고 해서 뭔가 달라질 상황은 아니었다. 그런데······.

갑자기 움직임을 멈춘 여자와 승용차, 아니, 충돌하기 직전인 그들과 함께 세상의 모든 움직임이 멈추었다.

여자를 향해 뛰어가려던 재오도 함께.

재오가 몸을 움직이려 했지만 전혀 힘이 들어가지 않았다. 그저 눈만 동글동글. 그때였다.

[나를 깨운 자가 그대인가?]

"응?"

귓가에 울리는 누군가의 목소리.

"어? 뭐지?"

[나는 마검. 우주의 시작과 함께 만들어져 최후의 마왕 벨제브가 지니고 있던 우주 최강의 힘을 가지고 있는, 스스로 존재하는 마검이다. 나를 깨운 자가 그대인가?]

겨우 목소리만 나올 뿐 온몸에 힘이 들어가지 않는 상황이었지만, 재오는 방금 봤던 이상한 고철이 있는 곳에서 환한 빛이 뿜어져 나오고 있다는 것을 깨달을 수가 있었다.

'뭐가 어떻게 된 거야?'

황당한 상황에 답을 하듯 누군가의 목소리가 재오의 머릿속을 울린다.

[나를 깨운 이여, 나는 극악한 무리에 의해 차원의 문을 넘어 이곳으로 왔다. 하지만 차원의 문을 넘을 때 시공간을 지배하는 힘으로 인해 나의 몸은 산산조각이 되어 이곳에 떨어

질 수밖에 없었다. 그대가 날 발견하지 않았다면 난 흔적도 없이 소멸되었을 것. 하지만 그대가 흘린 피로 소멸하던 나의 영혼을 깨우고 다시 힘을 갖게 했다. 나를 깨운 인간이여! 나를 깨운 그 답례로 너에게 거대한 힘을 주겠다. 그 힘으로 이 세상을 능히 파멸시킬 수도 있을 터. 자, 응답하라! 그대의 피로 나를 깨우고 이제 그대의 대답으로 우리의 계약은 완벽하게 이루어지는…….]

"싫어."

아직 목소리의 말이 다 끝나지도 않았는데 재오가 대답했다. 그의 대답에 패닉 상태에 빠진 목소리.

[이, 이봐, 아직 이야기 다 끝나지도 않았는데…….]

"됐고, 그딴 계약은 하기 싫으니까 이것 좀 풀어줄래?"

[으, 응?]

목소리의 주인은 무척이나 당황했는지 목소리가 떨렸다.

[아, 아니, 이봐, 지금 계약이 어떤 것인지 알고 그러는 거야? 적어도 다 들어는 봐야…….]

"얘가 어디서 보이스 피싱 같은 소리를 지껄이냐? 멋모르고 계약했다가 피 보는 건 난데, 그딴 계약할 줄 알고?"

[보이스 피싱?]

"잔말 말고 이거나 풀어."

목소리의 주인공은 방금 전 재오가 살펴본 그 고철처럼 생긴 물건이었다.

재오가 고철이라고 생각했던 그것은 원래는 완전한 검으로, 지구는 물론 우주를 파괴시키고 생성할 수 있는 힘을 간직한 고대의 마검(魔劍)이었다.

마검은 이곳 세계, 즉 지구에 존재했던 것이 아니었는데, 차원의 통로를 지나 이곳 지구로 떨어지면서 산산조각이 된 것이다.

그러던 차에 재오가 봤던 손잡이와 검날 부분만 남아 재오의 눈에 띄었던 것.

비록 세계가 다르긴 해도 마검이 인간과 계약을 한 건 한두 번이 아니었고, 그때마다 마검의 계약을 거부한 인간은 지금껏 단 한 차례도 존재하지 않았다.

갑작스런 상황에 마검은 당황했다.

게다가 재오의 피를 받기 전 마검은 소멸 직전의 상태였기에 지금의 계약을 무를 수도 없었다.

만약 마검이 제대로 된 힘을 갖추고 있었다면 자신과의 계약을 거부하는 재오는 죽여 버리고 다른 사람을 찾으면 되겠지만……

다급해진 마검은 재오의 마음을 돌리기 위해 수를 쓰기 시작했다.

[이봐, 인간. 만약 나랑 계약을 맺으면 네가 원하는 건 뭐든

지 들어주겠다. 그러니 나랑 계약을 맺자.]

"뭘 해줄 건데?"

[그러니까 네가 원하는 것!]

"음… 그럼 세계 제일의 사진작가가 되게 해줄래?"

[웅? 사진작가? 그건 뭐야?]

"됐다. 사진작가도 모르면서 뭘 해준다고."

[이 세계! 이 세계의 제왕이 되게 해주겠다. 나랑 계약을 해서 나의 힘을 가지면 너는 이 세계를 정복해서 모든 것을 네 마음대로 할 수가 있다! 그깟 사진작가란 것도…….]

"대체 세계를 왜 정복하는데?"

[웅?]

"왕이 되어서 이 세상을 관리한다는 것이 얼마나 힘든 건지 네가 알아? 예를 들어 지금의 세상은 수백 개의 나라가 존재하는데, 언어, 문화, 그 이외의 모든 것이 다 달라. 그것들을 하나로 통합하는 것 자체도 힘들고, 각기 나라별로 문화, 언어에 따라 각자의 방식으로 다스리는 것도 힘들어. 네가 말하는 세계 통일은 문화가 같거나 크더라도 중국처럼 하나의 문화권에 있는 나라들을 통일할 때나 가능한 거지, 지금의 세상은 예전과 다르다니까. 아니, 중국만 하더라도 그 커다란 땅덩어리에 다양한 문화가 존재하는데 말이야."

[…….]

재오의 대답에 찍소리 못하고 멍한 마검이었다.

대체 이 세계는 어떤 곳인지, 원래 이곳에 사는 인간은 다 이런지 어안이 벙벙할 뿐이다.

하지만 마검의 소멸 시간은 점점 다가오고 있었다.

앞서 언급된 것처럼 소멸되기 직전에 있던 마검이 재오의 피로 인하여 잠시 그 시간이 늦추어진 상황이라 만약 계약을 하지 않는다면 마검은 정말로 소멸되고 만다.

다급해진 마검은 애절하게 재오를 부르며 호소했다.

[야! 인간! 제발 부탁이니까 계약해 줘! 안 그럼 난 진짜 소멸된다고!]

"웅? 소멸? 죽는다는 거냐?"

[그렇다! 그러니까 제발……. 웅?]

결국 자존심을 모두 버리고 비굴하게(?) 애원하는 마검.

그러자 마음이 동했는지 약한 모습을 보이기 시작하는 재오였다.

"음, 그건 좀 안됐기는 하다만 그래도 아무 이유 없이 계약한다는 건 그런데……."

[원하는 건 다 들어줄게! 절대로 너에게 피해가 가는 일은 없게 할 테니까! 웅? 부탁이다, 인간! 흑흑흑!]

"그렇게 애원하니까 불쌍해지네. 좋아. 그럼 계약하는 대신 절대로 나한테 피해가 오면 안 되고, 한 번이라도 나한테 피해가 온다면 그 순간 당장 계약 파기다. 알았냐?"

[그래그래! 그렇게 할게!]

"그리고……!"

[응? 또 뭐?]

"지금 이거, 시간을 멈춘 거지?"

[어, 그런 거야. 아무리 강한 힘을 가지고 있는 나라지만 시간을 일부러 멈출 순 없어. 하지만 계약을 위해서 특별히 가능한 능력으로…….]

"시끄럽고 시간이 풀리면 저 아가씨 좀 구해줄래?"

[아가씨?]

재오는 눈짓으로 사고가 나가 직전인 자동차와 젊은 아가씨를 가리켰다.

[그건 못해.]

"어? 왜?"

[암튼 지금 당장은 못해. 다른 상황이라면 가능하겠지만…….]

"뭐야! 아무짝에도 쓸모없는 녀석 같으니!"

재오는 마검의 무능함을 욕하며 화를 내려 했지만, 마검의 힘이 약해지는지 조금씩 자신의 몸이 움직이는 것을 느꼈다.

있는 힘을 다해 몸을 움직여 사고가 나기 직전의 횡단보도로 달려가려는 재오.

아직 멈춰 있는 시간 속의 허공에 떠 있는 빗방울이 얼굴에 떨어지는 것이 느껴졌다.

[너 지금 뭐하냐?]

"위급 상황이잖아! 가서 구해야지!"

[야, 그러다 네가 죽어.]

"시끄러! 너랑 입씨름할 시간 없다!"

[안 돼! 계약 먼저 해야 한다고!]

그때 화단에 떨어져 있던 마검이 허공에 떠올라 재오의 몸속으로 들어갔다.

그러자 재오만 시간의 제한이 풀려 자유롭게 움직일 수 있었고, 제한이 먼저 풀린 재오는 앞뒤 보지도 않고 횡단보도로 뛰어가 충돌하기 직전의 여자를 잡아끌어 내리려고 했다.

하지만 그때 세상의 움직임을 구속하던 시간의 정지가 풀렸고, 승용차는 그대로 재오와 여자를 쳐버렸다.

쉬잉!

여자를 꽉 끌어안은 재오는 그대로 허공으로 솟아올랐고, 그의 눈에 푸른 하늘이 들어왔다.

바람이 재오의 뺨을 스치며 솟아올랐다가 몸이 급격히 내려앉는 것을 느끼며 의식을 잃기 직전, 재오의 귓가로 마검의 목소리가 들려왔다.

[나 마검과 인간…… 너의 이름이 무엇이냐? 빨리 말해!]

"한재오."

[나 마검과 인간 한재오는 서로의 동의하에 계약을 맺는다. 인간 한재오, 마검의 힘을 받아들이겠는가?]

"……."

[빨리 말해!!]

재오의 시야가 푸른 하늘에서 어둠으로 바뀌고 있을 때 다급한 마검이 다시금 재오에게 재촉했다.

"받아들이겠습니다……."

마검이 원하는 대답을 한 순간 재오는 딱딱한 무언가와 부딪치는 느낌을 받았고, 그대로 정신을 잃어버렸다. 그리고 그 것이 재오가 기억하는 전부였다.

Chapter
01

이 차원에서 온 원시인

한 달이 지났다.

처음 재오가 병원에 올 때만 하더라도 그는 매우 위급한 상태였다.

자동차에 치어 하늘로 솟아올랐다가 떨어질 때 머리부터 떨어졌기에 두개골이 완전히 산산조각이 나 죽지 않은 것이 기적이라 여길 정도였다.

두개골과 함께 그의 온몸의 뼈 또한 부러졌는데, 재오를 처음 본 담당 의사는 수술을 하더라도 곧 죽을 것이라 생각할 지경이었다.

그런데 신기한 일이 일어났다.

몇 시간에 걸친 수술 후 재오의 상태가 급격히 호전되었다는 것.

수술 후 혼수상태였던 재오는 3일 만에 의식을 차렸고, 4일 만에 말을 하기 시작했으며, 박살 났던 그의 뼈가 빠른 속도로 낫기 시작했다.

보름 만에 팔의 깁스를, 20일 만에 다리의 깁스를 모두 풀었으며, 지금은 얼굴에 감은 붕대만 남아 있을 뿐이다. 교통사고 당시, 재오의 머리뼈들이 산산이 부서졌었기에 눈과 코, 입을 제외한 머리 전체에 붕대를 해야만 했었다.

떨어질 때의 충격으로 한동안 기능이 정지되어 버렸던 재오 몸속의 내장들도 이제는 제대로 자리를 잡고 제 기능을 충실히 하고 있었다.

담당 의사는 의학사에 길이 남을 만한 사건이라며 재오의 몸을 정밀 분석하기를 원했지만, 일언지하에 거절하는 재오로 인해 그를 볼 때마다 입맛만 다시고 있었다.

"그래도 종합검사라도 해보지 그래요. 재오 씨의 빠른 회복력의 비밀을 밝혀낼 수만 있다면 노벨의학상 감인데. 아니, 그렇지 않더라도 인류를 위해 크게 공헌할 텐데요."

"아, 사양하겠습니다, 선생님."

연신 아쉬운 기색을 보이는 담당 의사를 보며 그 옆에 있는 간호사가 웃음을 참았다.

"그나저나 얼굴 붕대는 언제 풀어요? 좀 답답한데."

재오가 있는 일인용 병실에 회진을 왔던 담당의는 붕대로 덮여 있지 않은 재오의 눈과 입 주위를 살펴보고는 놀람의 탄식을 자아내며 말을 이었다.

"피부 상태만 봐서는 오늘이라도 풀어도 될 것 같네요. 하지만 두개골까지 봐야 하니 엑스레이 한 번 찍어보고 결정하죠. 오 간호사, 한재오 씨 엑스레이 촬영 준비해 주세요."

"네, 선생님."

그때 병실 문이 열리고 환자복을 입은 소녀가 들어왔다.

앳된 얼굴로 왼손에 깁스를 하고 있는 여자.

아닌 게 아니라 이제 막 고등학교를 졸업해서 성인이 된지 얼마 되지 않은, 교통사고에서 재오가 목숨을 걸고 구한 바로 그 여자였다.

대학교는 진학했으나 가정 형편상 학교를 휴학하고 작은 회사에 다니고 있다고 했다. 이름은 이지원.

"캬~ 지원이보다 더 심한 상태였는데 지금은 지원이가 너 크게 다친 것처럼 보이네?"

병실로 들어온 지원을 보며 웃으며 말하는 담당의.

분명 농담 삼아 말한 것이었지만, 담당의의 말을 들은 지원은 미안해서 어쩔 줄 몰라 했다.

"선생님."

"아, 아무튼 재오 씨는 좀 더 지켜보자고요."

옆에 있던 오 간호사가 눈치를 주자 담당의는 황급히 재오의 회진을 마치며 병실 문을 나섰다.

하지만 그들이 병실을 나갔지만 지원은 어찌해야 할지 모른 채 당황해 하며 계속 서 있다.

"지원이 왔냐? 왔으면 앉지 왜 뭐 마려운 고양이처럼 서 있어?"

"네……."

그제야 재오의 곁으로 다가와 근처에 놓인 의자에 앉는 지원.

한 달 전, 죽기 직전의 상태로 병원에 실려 온 재오와는 다르게, 지원은 비교적 멀쩡한 모습으로 병원에 실려 왔다.

떨어질 때 재오가 지원을 꽉 끌어안은 상태로 차와 충돌한 탓에 온몸의 뼈가 부러진 재오와 달리 지원의 몸은 멀쩡했다.

재오의 품속에서 빠져나온 그녀는 한쪽 다리와 한쪽 손이 살짝 금 가고 부러진 것 외에는 큰 이상은 없었다.

그나마 금이 갔던 다리는 이미 완전히 치료가 되었고, 부러진 왼손만 치료를 받고 있는 중이었다.

"미안해하지 말라니까. 벌써 한 달이나 지난 일을 아직까지 그러면 어쩌누?"

"죄송해요. 그래도 나 때문에 이렇게 되셨는데……."

깍듯이 존댓말을 쓰며 미안함을 드러내는 지원.

아직 스무 살이라지만 필요 이상으로 미안한 감정을 드러내는 것이 매우 내성적이며 소심한 성격이라는 것을 한눈에 알 수 있다.

지원은 하루에도 몇 번씩 재오를 찾아와 상태를 묻곤 했는데, 그가 의식을 되찾기 전에도 계속 방문해 그를 살펴보곤 했다고 한다.

"한 달 내내 미안하다고 했으면 됐다. 어쨌든 아까 선생님이 말씀하신 것처럼 지금은 나보다 네가 더 중증의 환자 같잖나."

"그래도 아직 얼굴 하고 머리의 붕대는 안 푸셨잖아요."

"이거 내일이나 모레면 다 풀걸."

"다행이네요."

"싱겁긴. 너 토마토 주스 좋아하지? 이거나 마셔."

재오는 병실에 있는 냉장고에서 음료수 캔을 꺼내 지원에게 던져줬다.

지원은 음료수 캔을 받고는 머뭇거렸다.

폼을 보아하니 무언가 할 말이 있는 듯했다.

대강 눈치를 챘지만 재오는 그녀가 말을 꺼낼 때까지 조용히 기다렸다.

"저기요. 근데… 변호사 아저씨 다녀갔어요?"

"아니. 왜?"

"그게……."

다시 한참을 머뭇거리다 지원이 말을 꺼냈다.

"변호사 아저씨가요, 보상금을 주겠다는데 액수가 너무 많은 거 같아요."

"얼마나?"

"오천만 원이요."

"와우! 그게 뭐가 많아? 병원비 다 제하고 준다는 거야?"

재오의 말에 고개를 끄덕이는 지원.

지원이 말하는 변호사 아저씨란, 지원과 재오를 자동차로 친 운전자의 변호사였다.

그들이 병원에 실려 온 후 보험처리반 대신 30대 초반의 멋들어지게 생긴 변호사가 찾아왔는데, 그가 이 사건의 모든 책임을 지겠다고 했다.

물론 그때는 재오가 혼수상태에 있었기 때문에 그 변호사를 만난 것은 지원이었고, 재오는 의식을 차리고 며칠 후에나 그 변호사를 볼 수가 있었다.

변호사는 지원과 재오에게 병원에서 제일 비싸다는 병실을 내줬고, 그래서 지금 그들은 일인용 특실을 사용하고 있는 중이었다.

방금 재오가 지원에게 던져준 토마토 주스 역시 변호사가 택배로 보내온 것이었다.

"아무튼 부잣집 놈들이란……. 와서 사과나 정식으로 하지. 그래서 조건은 뭔데? 설마 그 정도 액수를 제시하면서 아무런 조건이 없는 건 아니겠지?"

"대신 이 일, 절대로 비밀로 해달래요."

"음… 뭐하는 집안인지 궁금하네. 이런 대형 사고를 내놓고 비밀로 붙일 정도라면……."

재오는 가볍게 팔짱을 끼며 의문을 표했다.

"저 어떻게 하면 좋을까요?"

"응?"

"솔직히 너무 큰돈이라서요. 이걸 받아도 되는지 말아야 하는지……."

음료수 캔을 만지작거리며 고민하는 지원을 보고 재오는 피식 웃음이 나왔다.

착하긴 무지장 착한 앤데, 성격이 소심해서 탈이라고 생각하는 재오였다.

"받아. 망설일 게 뭐 있냐."

"그래도 될까요?"

"돼. 너도 경험해 봐서 알겠지만, 이런 일이 쉽게 있는 일이 아니잖아. 하마터면 죽을 뻔했는데, 목숨을 구하고 또 오천만 원이란 엄청난 거금이 굴러들어 오는 거니까. 복권에 당첨됐다고 생각해라."

"…하지만 좀 무서워서요. 아무리 그래도 비밀 하나에 오천만 원이라니……. 어차피 누군지 모르는데 말이죠."

지원의 말에 유심히 그녀를 쳐다보는 재오.

분명 지원으로선 돈에 관련한 큰 경험(?)을 처음으로 한 듯싶었다.

"그럼 말이야, 기다려 봐. 그 변호사, 다시 오면 이 아저씨랑 같이 의논하겠다고 그래."

"네?"

"5천만 원, 그리 큰돈은 아니라고 생각하지만 네가 걱정을 하니까 확실하게 매듭지어 주려고 그래. 너한테 왔으면 나한테도 찾아오겠지."

그러자 불안한 마음이 풀린 듯 환하게 웃음 짓는 지원.

"정말요? 그래도 돼요?"

"나는 피해 보상 받을 거 많아. 일단 그때 가지고 있던 내 카메라, 박살이 났잖아. 고시원에 살면서도 카메라 장비는 하나둘 비싼 걸로 모아놨는데. 게다가 그때 업체랑 약속 잡아놨던 거 어겨서 완전히 깨졌지, 또 죽다 살아났으니 난 너보다 몇 배의 피해 보상을 받아야 한다고. 아마 그것 때문에 그 변호사 양반이 너부터 찾아갔던 것 같지만."

"아, 그렇구나."

이렇게 재오와 지원은 그 일에 대해 이야길 하다 얼마 지나지 않아 화두를 바꾸어 가벼운 대화를 나누기 시작했다.

재오의 말에 한없이 웃음을 터뜨리던 지원은 저녁때가 되어서야 그 방을 나와 자신의 병실로 돌아갔다.

재오는 그날 늦게 엑스레이를 찍고 병실로 돌아와 침대에 누웠다.

그러자 그때까지 조용히 있던 마검이 그에게 말을 걸었다.

[이 세계의 인간들은 원래 그러냐?]

"뭐가?"

[오천만 원이 얼마나 큰돈인지는 모르겠는데, 그게 겁나서 너에게 상담하러 오다니… 이 세계는 어떻게 굴러먹은 건지 당최 모르겠군.]

마검의 목소리는 오직 재오에게만 들렸다.

하지만 마검과 대화를 하기 위해선 입을 움직여 목소리를 내어야만 했기에 사람들이 많은 장소에서는 미친놈저럼 보이기 일쑤였다.

그렇기 때문에 재오는 마검에게 다른 사람이 있을 때는 절대 말을 하지 말라고 한 바 있다.

"시끄러워. 원시 시대에 살다 온 녀석이 문명 세계의 이치를 어찌 알겠냐? 네가 이해하기엔 백 년은 이르다."

[이 자식이! 왜 자꾸 사람을 원시인 취급하냐?]

"네가 사람이야? 마검이라며? 우주가 만들어질 때 함께 탄생해 지금까지 존재하는 강력한 존재. 뭐, 우주가 만들어질 때 만들어졌으니 원시인 맞네."

[아니, 그건 내가 그만큼 강력하다는 의미지!]

"쯧쯧. 그러니까 원시인이야. 강력한 힘을 가지면 뭐하냐? 머리를 써야지. 너 네가 살던 세계에서 힘으로 소동 부리다가 이곳 지구로 유배된 거라며? 옛말에 이런 말이 있다. '칼로 일어선 자, 칼로 망한다' 고. 넌 딱 그 경우거든."

[윽!]

한 달이 흐르는 동안, 재오는 자신과 계약을 맺은 마검에 대해 상당히 많이 알게 되었다.

마검은 재오에게 자신에 대해서 장황하게 설명을 했지만, 재오가 받아들이는 마검에 대해 정리하여 설명하자면 다음과 같다.

1. 지구와 전혀 다른 이세계가 있고, 마검은 그곳에서 살고 있었다.

2. 마검은 우주가 생성될 때 같이 나타난 미지의 힘인데, 이세계(異世界)에서 검의 형태를 갖게 되었다.

3. 마검은 이세계에서 그곳의 인간과 계약을 했고, 계약자를 이용해 이세계를 정복하려 했다가 그곳을 지키는 용사들로 인해 이곳 지구로 떨어졌다.

4. 지구로 떨어질 때 통과하는 블랙홀의 영향으로 마검은 산산조각 분해되어 재오에게 발견되었다.

5. 마검의 최초의 사용자의 이름은 '밸제브' 였다. 그래서 마검은 '벨제브의 검' 이라고 불렸다. 그래서 재오는 마검에게 '마검 루시퍼' 라는 이름을 지어줬다.

6. 루시퍼는 시종일관 세계 정복을 원한다. 그래서 재오는 마검을 '원시인' 이라고 부른다.

7. 루시퍼는 재오의 말에 반박하려고 하지만 항상 재오의 말발에 대꾸도 못하고 당하기만 한다.

[내가 언제 그랬다고!!]

"그럼 쫓겨난 게 아니면 뭔데?"

[그냥 단지 힘을 회복하기 위해서 그들이 올 수 없는 곳으로 피해왔을 뿐이다.]

"네, 네, 그랬습니다."

[어쨌든! 근데 왜 내 이름이 루시퍼냐. 분명히 전에 사람들은 날 '벨제브의 검' 이라고 불렀다고 말했잖아!]

"벨제브는 다른 사람 이름이잖아. 그럼 네 이름은 뭔데? 네가 처음 만들어졌을 때의 네 이름."

[우주와 함께 생성된 나에게 무슨 이름이 있겠냐.]

"그러니까 이제부터 네 이름은 루시퍼라니까."

[하지만 아무리 그래도 몇 천 년, 아니, 몇 억 년 동안 지속
해 온 내 이름을…….]

"쯧쯧. 줏대 없는 놈. 남의 이름을 제 이름이라고 하다니."

[윽!]

'줏대 없다' 라는 소리에 욱하려는 마검이었지만 재오의
말은 계속 이어졌다.

"좋아. 최초의 사용자가 '밸제브' 였고, 그의 이름을 따서
'밸제브의 검' 이라고 하자. 여기서 '밸제브' 는 너를 처음 사용
했던 사용자의 이름, '검' 은 너처럼 뾰족한 날을 가진 무기를
가리키는 말이지. 즉 너는 '밸제브가 사용했던 뾰족한 검' 이
란 뜻이다. 그게 이름이냐? 예를 들면 내가 너를 사용했다면
'한재오의 검' 이란 이름이 되겠군?'

[하지만 밸제브는 이미 몇 천 년, 아니, 몇 억 년, 세월을 알
수 없는 시간의 흔적 속에 사라져 버린…….]

"그래서 역사책 속에 이렇게 기록되겠지. 예전에 밸제브가
살았고, 그 밸제브가 검을 가지고 있었다. 밸제브가 가지고
있던 신발, 밸제브가 가지고 있던 방패, 밸제브가 가지고 있
던 침대, 와~ 다 밸제브 거네? 그럼 너도 밸제브 거고."

[어, 어디 나를 그런 나약한 인간의 것이라 칭하느냐!]

"어쩌라고. 네가 원하는 대로 하면 그렇게 되는걸."

[윽!! 그냥 루시퍼 하겠어!]

"밸제브를 원하면 밸제브라고 불러주고."

[싫어! 루시퍼로 한다니까.]

"암튼 변덕은. 여자도 아니고."

[우씨! 어디서 나를 여자라고!! 인간 남자보다도 못한.]

"야, 그거 성차별이다?"

[성차별은 또 뭐야?!]

"아, 원시인. 난 자련다."

[야! 한재오, 말했으면 끝까지…….]

"잔다고! 방해하면 계약 파기닷!"

재오의 으름장에 찍소리 못하는 마검 루시퍼였다.

[젠장맞을 녀석, 그때 계약을 그렇게 하는 게 아니었는데…….]

루시퍼의 투덜거림이 이어졌지만 재오는 벌써 잠에 빠져들고 있었다.

Chapter
02

마검을 노리는 자?

깊은 밤이었다.

[한재오, 일어나! 빨리 일어나라고!]

"으응, 방해하면 계약 파기한다니까."

[이 지식아! 빨리 일어나라고! 지금 잠자고 있을 상황이 아니란 말이야!]

그제야 재오는 눈을 비비며 침대에서 일어났다.

"뭐야?"

[빨리 움직여!]

"……?"

[빨리!]

루시퍼의 목소리는 다급해져 있었다. 방금 잠에서 깬 터라 어리바리한 재오였지만 루시퍼가 하라는 대로 침대에서 일어나 병실을 나섰다.

"뭔데 그래?"

[일단 이곳을 벗어나자. 왼쪽으로 가!]

루시퍼는 재오를 병원의 비상계단으로 향하게 했다.

그가 막 비상계단의 문을 열고 들어서려는 찰나였다.

[젠장! 벌써 따라왔군!]

"응?"

그때였다.

복도를 가로지르는 긴 그림자의 손이 순식간에 다가와 재오의 목을 움켜잡고는 조르기 시작했다.

"캑캑! 이, 이게 뭐야!"

[도망쳐!]

"캑… 목, 목을 조여 어떻게……."

[에잇, 제길! 마법을 사용하기에는 무리인데!]

"뭔 소린지 모르지만 어떻게 좀 해봐! 어떻게 해야 이걸 벗어날 수 있는데?!"

[지금 이건 어둠의 마법을 응용한 기술이다. 어둠과 빛은 서로 상반되는 것. 그럼 빛의 마법을 사용하면 된다! 홀리라

이트를 사용해!]

"…캑캑! 어쩌라고?"

[마법… 사용 못하지, 참.]

"죽… 을래?"

그때, 그림자가 이어진 복도 저편에서 누군가가 걸어오는 소리가 들렸다.

뚜벅뚜벅.

[큰일 났다. 본체가 온다!]

"아우, 씨!"

무슨 일인지 명확하게 인지하진 못해도 위험한 상황이라는 것은 알겠다.

그러나 상황을 벗어날 구체적인 대안을 못 내주는 루시퍼에게 짜증을 내던 재오는 문득 뭔가가 떠올랐다.

"아! 담배!"

바지 주머니에 빛을 낼 수 있는 라이터가 있다!

그리고 덤으로 담배도 있다는 것을.

재오는 바지 주머니를 뒤져 라이터를 꺼냈다.

그리곤 자신을 조르고 있는 그림자의 손에 라이터를 켜자 라이터 불은 그림자 손을 두 동강 냈고 재오를 조르고 있던 그림자 손이 사라졌다.

그와 함께 복도 저쪽에서 비명 소리가 들렸다.

"까아악!"

걸어오던 발걸음 소리는 그쳤지만, 이윽고 복도를 뛰는 소리가 요란하게 들린다.

[빨리 뛰어!]

라이터 불을 켠 채로 비상계단 안으로 내닫는 재오.

"대체 무슨 일이야?"

[일단 저놈의 손아귀에서 벗어나자. 설명하기엔 너무 길어. 근데 그거 뭐야?]

"의사가 지금까지 몸이 안 좋아서 피우지 말라고 했잖아. 상태가 좋아졌다기에 좀 피우려고."

[그게 담배란 거야? 홀리라이트보다 불이 작긴 한데 꽤 효과적인 불이었어.]

그때 누군가가 그들이 들어온 문을 열고 비상계단을 내려오는 소리가 들렸다.

재오 역시 있는 힘껏 뛰고 있는데, 뒤에서 들리는 소리를 들으니 장난 아닌 속도로 계단을 뛰어내려 온다.

"우와! 저게 뭐야!?"

[무조건 도망쳐! 아님 넌 죽은 목숨이야!]

루시퍼의 말에 더욱더 발걸음을 빨리하는 재오.

뛰는 도중 아까 루시퍼가 했던 말이 생각났다.

그는 분명 '홀리라이트'가 있어야 한다고 했다.

"홀리라이트가 뭐야!?"

[마법으로 만든 신성한 빛! 하지만 지금 이 상황에서 그딴 건 필요 없고, 무조건 불만 있으면 돼! 아까 그 담배처럼!]

"에이, 씨, 그건 라이터야!……. 아무튼 그냥 불이라 이거지?"

재오는 황급히 주머니를 뒤져 담배를 꺼냈다. 그리고 달리던 걸음을 멈춰 자신을 향해 내려오는 누군가를 맞이하기 위해 몸을 돌렸다.

[뭐, 뭐하는 짓이야? 저놈은 널 보면 분명 죽일 것이란 말이야!]

"홀리라이트, 아니, 불만 있으면 된다며?"

담배를 입에 물고 불을 붙이는 재오.

아무리 비상구라고 해도 병원에선 담배를 피우면 안 되지만, 목숨이 걸린 상황이라 어쩔 수 없다.

"자, 불 만들었어. 이제 어떻게 해?"

[뭐가 그리 작아? 아까보다도 더 작잖아! 그걸로 뭐 어떻게 하라고!]

그때였다, 계단을 내려오던 누군가의 모습이 재오의 눈앞에 비친 건.

여성용 하얀 간호사 제복을 입고 있었지만, 그녀의 얼굴과 몸은 흐물흐물한 형체로 변해 있었다.

단지 간호사 제복 옆에 달린 이름표로 그녀의 정체를 알 수 있을 뿐이었는데, 이름표에는 '오수원'이란 이름이 쓰여 있었다.

'오수원 간호사? 아, 아까 담당 의사와 함께 들어왔던……'

[젠장, 벌써 침식되고 있군.]

"침식? 그게 무슨 소리야?"

[저 인간의 영혼이 먹히고 있는 중이야. 계속 침식되다간 완전한 괴물이 되어버려!]

"그래서 어떡해야 하는데?"

루시퍼는 더 이상 대답을 할 수 없었는데, 재오를 노려보고 있던 오수원 간호사가 그를 향해 덮쳐왔기 때문이다.

황급히 몸을 피하며 불붙인 담배를 오수원 간호사 앞으로 내미는 재오.

그러자 화들짝 놀라며 몸을 뒤로 빼는 오 간호사다.

[오, 작기는 하지만 확실히 효과는 있군. 이봐, 저거 또 만들 수 있어?]

"만들 수는 있지만……"

몸을 뺐던 오 간호사는 다시 몸을 틀어 재오를 향해 공격해 들어왔다.

겨우 오 간호사의 공격을 피하고 있는 재오.

불붙인 담배로 방어를 한다지만 오 간호사는 교묘히 담배를 피해 그림자 손을 뻗고 있었다.

"이 상황에서 어떻게 불을 붙이냐고!!"

[그 담배라는 거 그냥 허공에 뿌려!]

루시퍼의 말에 담배를 꺼내 오 간호사를 향해 내뿌리는 재오.

[불붙은 담배도 같이!]

"이런 젠장!"

재오가 불붙은 담배를 앞으로 던진 순간 놀라운 일이 일어났다.

먼저 던진 담뱃갑에서 다섯 개의 담배가 빠져나와 허공에 떠올랐고, 뒤늦게 던진 불붙은 담배마저 떠올라 여섯 개의 꼭짓점을 만들은 것이었다.

그 순간 루시퍼는 빠르게 주문을 외웠다.

지금껏 재오가 들어보지 못한 곳의 언어였고, 주문이 끝나자 붉붙은 담배에서 화르륵 커다란 불길이 일어나더니 나머지 다섯 개의 담배로 옮겨 붙기 시작했다.

그러자 치솟은 불길은 정확하게 육망성을 만들어 냈다.

허공 위로 그려진 육망성의 담배는 흐릿한 오수원 간호사를 가두었고, 그녀는 괴로운 듯 육망성에서 벗어나오기 위해 몸부림치기 시작했다.

[어서 담배를 주워서 다시 불을 붙여!]

루시퍼의 말에 떨어진 담배를 주워 들고는 라이터를 켰다.

[놈의 얼굴 속에 담배를 집어넣어!]

"대체 얼굴이 어딘데?"

분명 오 간호사의 얼굴을 말하는 것이었지만, 오 간호사의 흐릿해진 얼굴은 연기마냥 이리저리 움직이고 있었기에 정확히 가늠할 수가 없었다.

결국 재오는 담배를 담배 피울 때처럼 손가락에 끼워 넣고는 손바닥으로 그녀의 가슴을 만졌다.

그리고 위로 쓰윽 타고 올라가는 재오의 손.

오 간호사는 간호사 제복만 빼고 밖으로 드러난 피부가 모두 흐릿해져 흐물흐물했는데, 재오의 손이 그녀의 살갗에 닿자 그대로 얼굴 안으로 들어가 버렸다.

[무언가 집히는 것이 있을 거야! 꽉 잡고 빼내!]

"얼, 얼굴엔 없어!"

[그럼 몸속까지 팔을 뻗으라고!]

루시퍼의 말에 결국 몸을 밀착하고는 재오는 옷 속으로 팔을 집어넣었다.

아무리 괴물화되었다지만 차디찬 오 간호사의 몸속은 여간 찝찝하지가 않았다.

흐물흐물해진 탓에 마치 달팽이의 피부를 스쳐 지나가는

듯한 감촉이 느껴졌다.

그사이 허공에 떠 있는 담배로 만든 육망성은 점점 꺼져가고 있었다.

[젠장, 이 불기둥은 금방 타들어가는군! 시간이 없다, 재오!]

"밑에 떨어진 담배 많잖아! 다시 만들어!"

[아, 그렇군.]

재오의 고함에 금방 수긍하는 루시퍼.

바닥에 떨어진 담배를 떠올려 짧아진 담배를 대신하기 시작했지만 이 와중에 문제가 생겼다.

짧은 담배를 긴 담배로 대신하는 찰나의 틈을 이용해 오 간호사의 신체가 재오를 침식해 들어가기 시작한 것이다.

"어? 이거 왜 이래? 왜 자꾸 내 몸을 타고 올라오는데?"

[어? 빨리 안 찾아내면 난 더 이상 지탱할 능력이 없다.]

"이런 죽일 놈!"

죽을힘을 다해 오 간호사의 몸속을 뒤지던 재오는 오 간호사의 허리 아래에서 무언가 날카로운 것이 자신의 손가락을 찔렀다는 것을 알았다.

그때 루시퍼는 여섯 개의 짧은 담배를 긴 담배로 모두 바꾼 후였고, 오 간호사의 흐물흐물한 피부는 재오의 반쪽 팔을 모두 삼켜 버리고 목과 가슴을 향해가고 있었다.

"캑캑, 이놈들이 내 목을 조르고 있어! 그리고 이건 뭔데 이렇게 날카로워?"

[으악! 큰일 났다. 짧은 시간에 벌써 거기까지 진행되다니!]

루시퍼는 바닥에 떨어진 담배에 불을 붙여 재오의 몸을 타고 드는 오 간호사의 흐물흐물한 몸체에 찔러 넣었다.

하지만 몸부림을 치면서도 계속 재오의 몸을 타오르는 오 간호사였다.

[으아아! 이놈도 필사적이야! 빨랑 집어!]

"에잇!"

재오는 오 간호사의 허리 아래에 있는 날카로운 물건을 손으로 확 잡아챘다.

그것에 손바닥이 베이는 것을 느꼈지만 아랑곳 않고 그대로 오 간호사의 몸을 발로 쳐냈다.

그와 함께 오 간호사의 몸에서 뽑혀져 나오는 재오의 팔.

그 둘이 분리되자마자 오 간호사는 몸부림을 치기 시작했고, 그녀의 몸이 서서히 원래의 모습으로 되돌아오는 것이 보였다.

[수고했어, 한재오! 너, 마력은 없지만 쓸 만하구나?]

"대체 어떻게 된 일이야? 무슨 일이 어떻게 돌아가고 있는 거냐고?"

식은땀을 닦으며 바닥에 주저앉은 재오가 한숨을 내쉬며 루시퍼에게 되물었다.

그리고 자신이 오 간호사의 몸에서 꺼낸 물건을 바라보았다. 그것은 끝이 날카로운 작은 유리 조각이었다.

*　　　*　　　*

다음날, 오 간호사는 전날 밤의 일을 전혀 기억 못하고 있었다.

그날 그녀는 당직이었는데, 갑자기 정신을 잃었던 것과 병원 대기실 의자에서 깨어난 것을 의아하게 여길 뿐이었다.

또한 자신의 몸에 밴 담배 냄새가 굉장히 불쾌했다.

재오는 오늘 붕대를 풀기로 했는데, 고정하기 위해 뒤통수와 턱 주위로 딱딱한 깁스를 덧대어둔 터라 붕대를 풀기 위해선 한참의 시간이 소요될 예정이었다.

붕대를 풀러 가기 전, 약간의 여유 시간이 있기에 그는 루시퍼로부터 어젯밤 일의 해명을 듣고 있었다.

"솔직히 불어. 안 불면 계약 파기다."

[흠흠…….]

"대체 숨기는 게 뭐야?"

[절대로 숨긴 적은 없다. 다만 말을 안 했을 뿐이지. 아니, 솔직히 말해 이런 일이 일어날 거라곤 생각 못했다.]

"그러니까 뭔데?!"

루시퍼는 침을 꿀꺽 삼키고는 말을 이어가기 시작했다.

[음, 음, 그러니까 내가 원래 있던 세계에서 이곳 지구로 차원의 통로를 통해 이동했다고 했잖아?]

"그런데?"

[그때 내 몸이 평소 때의 몸이라면 상관없었겠지만, 그전에 용사들로부터 심각한 피해를 입었기에 차원의 통로 안에서 나는 온몸이 소멸하기 시작했다. 나의 몸, 그러니까 검이 말이지, 몇 백 개의 조각으로 깨져서 이곳 지구에 떨어지게 되었지.]

"뭔 소리야? 차원의 통로 안에서 몸이 분해되었다고 하지 않았어?"

[그랬지. 일부는 차원의 통로 안에서 분해되었고, 일부는 분해되어서 지구로 떨어진 거야.]

"……"

[문제는 그 떨어진 조각들이야.]

재오는 어젯밤 오수원 간호사의 몸으로부터 꺼낸 작은 유리조각을 떠올렸다.

아니, 정확히 말하자면, 유리처럼 투명한 재질의 조각이라고 말해야 옳았다.

재오가 처음 봤던 루시퍼의 몸체랑 비슷한 재질이다.

하지만 그 조각은 물이 증기로 증발하는 것처럼 순식간에 연기가 되어 어디론가 사라져 버렸다.

"그래서?"

[음, 내가 그저 쇠와 유리질로 된 검이었다면 그게 크게 문제가 되지는 않았을 거야. 그런데 나는 누누이 말하지만 우주의 생성과 함께 태어난 강력한 힘을 지닌 검이야. 그러니까 그 조각난 내 몸에 나의 힘이 깃들어 있다는 거지. 아니, 정확히 말하면 내 몸의 조각 자체가 내가 가진 힘의 일부야.]

"그럼 그 조각들이 다 너처럼 살아 움직인다는 소리냐?"

[그건 아니고… 살아 움직일 수는 있지만 나처럼 영혼은 없어.]

"그게 무슨 소리야? 살아 움직이는데 영혼이 없다니?"

[그러니까… 에효, 마법을 믿지 않는 세상에 사는 너에게 어떻게 설명해야 할지 난감하네.]

"그냥 설명해 봐. 알아서 해석할 테니까."

땅이 꺼지도록 한숨을 쉰 루시퍼는 천천히 말을 이어나갔다.

[태초의 우주는 어둠 속에서 만들어졌어. 그리고 신이 만들어지고 우주의 각 행성이 만들어졌지. 나는 우주가 생성될 때 같이 태어난 존재야.]

"그럼 신이냐?"

[이 세계의 신이 어떤 의미인지는 모르겠지만, 난 신은 아

냐. 하지만 신과 동급인 존재이지. 신들이 행성을 만들고 생명을 만들었을 때, 나는 최초로 만든 생명들과 생활하게 되었어. 그 생명들이 문화를 이뤄 '검(劍)'을 만들어냈을 때, 난 그제야 검의 모양으로 신들이 만들어낸 생명들, 그러니까 인간들과 함께할 수 있었어.]

"생활했다는 것과 함께할 수 있었다는 거랑은 다르냐?"

[뭐, 그렇지. 처음 만들어진 생명은 무지했지만 시간이 지남에 따라 지식을 익혀 문화라는 것을 만들어냈거든.]

"암튼, 그래서?"

[왜 내가 검의 형태를 취했는지는 자세히 기억나지 않지만, 어쨌든 나는 우주의 생성과 함께 태어났기에 나는 아주 강력한 힘을 가지고 있지. 내게서 떨어져 나간 조각들은 그러한 힘의 일부야. 즉, 태초의 힘, 혹은 신이 가진 힘. 내가 살던 시대의 사람들은 그것을 마법이라 했어. 우주가 생성될 때 나타나는 모든 힘의 원천.]

"마법에 대해선 알아. 하지만 마법이 그렇게까지 강력한 거야? 지구에서는 마법은 무당이나 샤먼, 뭐 그런 것들뿐인데? 마술사가 있지만 그들은 트릭을 사용하는 마술을 부리는 것이고."

[이 별은 마법의 기운이 희박한 곳인데, 뭘. 원래 인간들이 사용할 수 있는 마법의 힘은 약해. 게다가 인간들은 우주가

아닌, 그들이 살고 있는 행성이 지니고 있는 마법의 원천을 사용하기 때문에 인간들이 사용할 수 있는 마법은 그만큼 한계가 있지. 하지만 내가 말했지? 나는 우주와 더불어 태어났다고. 나의 마법은 우주가 원천이야. 그렇게 때문에 너희들이 알고 있는 마법 자체와는 본질적으로 달라.]

"그래서?"

[아무튼… 내 몸이 비록 인간들이 사용하는 검으로 변했다 하지만, 내 마법 자체만으로는 인간들이 측정할 수 없을 정도로 강력하단 소리야.]

"그런데?"

[내 몸에서 떨어져 나간 조각 역시 마찬가지. 얼마나 많은 조각으로, 그리고 얼마나 다양한 크기로 분해되었는지는 모르겠지만 아주 작은 조각이라고 해도 이 지구란 별을 파괴시킬 만큼의 힘은 충분히 가지고 있어.]

"좋아, 그렇다고 해. 하지만 그래봤자 너의 몸에서 떨어져 나간 조각이잖아?"

[그러니까 문제야. 말했지. 살아 있을 수 있지만 영혼은 없다고.]

"그런데?"

[어둠에서 우주가 생성될 때 퍼져 나왔던 힘은 이른바 혼돈이었어. 우주의 질서가 잡힌 건 그로부터 한참 후였지. 즉 내

가 가진 마법의 근원은 바로 혼돈, 파괴, 멸망… 그런 거지.]

"혼돈의 카오스(Chaos), 그리고 질서의 코스모스(Cosmos)라……. 한마디로 빅뱅 이론이군."

[즉, 내가 가지고 있는 힘은 카오스 그 자체다.]

"그러니까 네 몸에서 떨어져 나간 조각들이 카오스를 일으키려고 한다 이거야? 세상을 폭파시키고, 혼란, 멸망시키려는……?"

[그렇지. 하지만 카오스에 대한 의지가 있어서 그러는 건 아냐. 그게 내가 가진 힘의 본질이자 본능이니까. 그때 생성된 힘이기 때문에 본능적으로 파괴를 한다는 소리지.]

"한마디로 물이 높은 데에서 낮은 데로 떨어지는 거네?"

[그렇지! 마법 능력은 없어도 참 똑똑하구나.]

루시퍼의 말에 재오는 어젯밤 일을 떠올리며 그에게 되묻는다.

"그럼 내가 오 간호사의 몸에서 꺼낸 것이 바로 너의 몸에서 떨어져 나온 조각이구나?"

[맞아. 하지만 그건 내가 회수했으니까, 그건 더 이상 아무 문제없을 거야.]

"회수?"

[찾자마자 바로 내 몸으로 흡수했지.]

재오는 그 조각이 연기처럼 사라졌던 것을 다시금 떠올

렸다.

"그 말인즉슨 내 몸속에 들어갔다는 거냐?"

[뭐, 그렇지.]

"…아무튼 정리하자. 그럼 그 조각을 맞은 사람들은 어제
오수원 간호사처럼 변한다는 소리야?"

[변할 확률이 크지만, 그게 꼭 그렇지만은 않아.]

"웅? 무슨 소리야?"

[조각 자체에는 모든 것을 파괴하려는 힘이 숨어 있지만 조
각이 어떻게 됐느냐에 따라 달라지는 거지. 그러니까 조각엔
세상을 파괴시키려는 힘은 있지만 영혼은 없어. 어떤 영혼을
만나느냐에 따라 조각의 힘은 다르게 변해.]

"웅? 그건 무슨 소리야?"

[탐욕스런 영혼을 만나면 그 조각은 탐욕스럽게 변해. 시
기, 질투로 가득한 영혼이라면 시기, 질투를 하는 조각으로
변해. 세상을 파괴하고 싶은 영혼을 만나면⋯⋯.]

"야! 조각은 영혼이 없다며! 근데 그렇게 변한다는 게 무슨
뜻인데?"

재오의 말에 루시퍼는 다시금 길게 한숨을 쉬고는 입을 열
었다.

[나는⋯ 너에게 힘을 빌려주고 있어. 그 교통사고 때 너는
내가 없었음 벌써 죽었을 목숨이지. 하지만 너는 나의 계약자

이기 때문에 나는 너를 살리기 위해 내가 가진 모든 마력을 쏟아부었던 거야.]

"그건 알아. 근데 그 조각이랑 무슨 상관이야? 너는 살아 있는 영혼이니까 그런다 해도 너의 조각들은 영혼이 없다며?"

[하지만 내가 가진 조각들의 힘은 너무 커서 자칫 잘못하면 그 힘에 영혼을 잃어버리게 돼. 어제 봤던 것처럼 그냥 괴물이 되는 거지.]

"헉! 그게 바로 침식이구나, 영혼이 먹힌 거?"

[그래. 하지만 영혼을 먹어도 조각에게 영혼이 생기진 않아. 그래서 그냥 영혼 없는 괴물이 되는 거지.]

"……."

[영혼 없는 괴물은 그 영혼이 가졌던 사악한 마음에 따라 행동하게 돼. 그래봤자 파괴를 일삼는 것은 동일하지만 말이야.]

"그러니까, 어제 오수원 간호사는 떨어진 너의 조각에 맞아 조각에 의해 영혼을 잃고 그렇게 변했다는 거지?"

[응.]

"그럼 말이야, 이제껏 멀쩡했잖아? 내가 널 발견한 건 한 달 전인데, 왜 지금껏 가만히 있다가 이제야 그렇게 변한 거지? 한 달 전에 그렇게 변했다면 이상하지 않겠지만, 지금까

지 괜찮았다가 어제 변한 건 앞뒤가 맞지 않는데?'

재오는 루시퍼가 말한 이야기에서 괴리감을 발견하고는 되짚어 물었다.

루시퍼의 말대로라면, 오 간호사는 이미 한 달 전에 괴물로 변했어야 했다. 재오의 물음에 루시퍼가 조심스럽게 입을 열었다.

[그건… 내가 힘을 되찾아서 그래.]

"응?"

[네가 날 발견했을 때, 난 소멸 직전이었어. 제아무리 산산조각이 나서 대한민국 이곳저곳에 떨어졌다고 하지만, 그들의 본체는 나거든. 영혼이 있는… 내가 소멸되면 나의 조각들역시 소멸돼. 최근까지 나는 너를 되살리기 위해 마력을 쏟고 있었어. 산산이 부서진 너의 몸을 원래대로 되살리기 위해 나는 정말 피나는 노력을 했다고.]

"알아, 알아. 그 때문에 내가 다른 사람들보다 빠르게 회복했다는 거. 그런데?"

[…요즘 네 상태가 괜찮아짐에 따라 나의 마력은 이제 슬슬 회복 중에 있지. 그런데 그걸 나의 조각들이 느끼기 시작한 거야.]

"…그걸 어떻게 조각들이 알 수가 있어?"

[그냥 본능이야. 태초의 힘이 가진 본능. 귀소본능이라고

해야 하나, 원래의 것으로 되돌아가려는.]

　루시퍼의 말에 재오는 얼빠진 얼굴이 된다.

　"장난해? 그게 되돌아오려는 거라고? 사람을 죽이려고 했다고!"

　[맞아. 그게 문제지. 조각이 새로운 영혼을 만났기 때문에… 그 조각은 나의 힘이되 새로운 영혼의 힘이거든. 그리고 되돌아오려는 본능은 본체의 힘을 흡수해서 자신의 것으로 만들려는 본능으로 변하지.]

　"……."

　한참을 생각하던 재오는 정리를 하기 시작했다.

　"좋아, 정리해 보자. 중요한 요점만 말하자면 첫 번째, 너에게서 떨어져 나간 조각은 파괴 본능을 가지고 있다. 하지만 조각은 너 같은 살아 있는 의지, 즉 영혼이 없다."

　[맞아.]

　"두 번째, 새로운 영혼을 만난 조각은 새로 만난 영혼에게 힘을 준다. 하지만 조각의 힘이 너무 강대하기 때문에 사악한 영혼을 만나면 너의 힘에 이끌려 영혼을 잃고 사악하게 변한다."

　[바로 그거야! 내가 이야기하고자 하는 것을 정확히 끌어냈군!]

　"세 번째, 조각을 얻은 영혼은 너, 그러니까 본체의 힘을 느낄 수 있고 그것을 얻어 더욱 강력한 힘을 가지려 한다."

[오! 놀라운데? 어렵게 이야기한 것을 단 한 번에 이해하다니.]

"네 번째, 대체 지구상에 떨어진 너의 조각이 얼마나 되는데?"

[글쎄다. 그건 나도 모르겠다. 차원의 통로에서 빠져나와 대한민국 상공에 떨어질 때 수많은 조각이 사방팔방으로 흩뿌려졌으니까.]

"조각들이 너의 힘을 느낀다며? 네가 그 조각들의 힘을 느낄 순 없어?"

[상황에 따라선. 하지만 힘을 숨기고 있다면 제아무리 나라고 해도 찾아낼 수는 없어. 적어도 그 힘을 사용하지 않는 한 찾기는 힘들지.]

"…너도 힘을 사용하지 않으면?"

[음, 강한 힘은 느낄 수 있어도 약한 힘은 느낄 수가 없는 게 자연의 이치.]

"그게 무슨 소리야?"

[조각들이 제각각 강력한 힘을 가지고 있지만, 본체인 나랑 비교할 때는 비교할 수도 없는 수준이야. 조각들의 힘은 결코 나를 넘어설 수 없어. 왜냐면 나는 우주가 가진 카오스 에너지의 핵심이기 때문에 어쩔 수 없는 거지. 아까 귀소본능 이

야기했지? 그들은 나의 힘을 먼저 느낄 수 있어. 나도 느낄 수 있지만 그들이 느끼는 것보다 많이 늦지.]

재오는 두 눈을 멀뚱거리더니 천천히 입을 열었다.

"…계약 파기하자."

[그렇게 말할 줄 알았다. 그런데 문제가 있다.]

"뭔데?"

[나랑 계약을 파기한다고 해도 조각의 힘은 계속된다는 것.]

"어차피 너를 못 찾을 테니까 괜찮은 것 아냐? 게다가 네가 소멸하면 같이 소멸된다며?"

[분명히 그랬지. 하지만 새로운 영혼을 만난 조각은 그 소멸 속도가 굉장히 느려. 적어도 새로운 영혼이 소멸될 때까지는 지속될걸. 게다가 내가 없어지면 나의 조각들은 서로를 흡수하기 위해 싸움을 벌일 거야. 왜 그런지는 말 안 해도 알겠지? 되돌아가려 하는 본체는 없어도 비슷한 힘들이 있으니까 서로를 흡수하려고 난리를 칠 거야. 또 아까 말한 것처럼 사악한 영혼이라면 조각의 힘에 흡수돼. 오수원 간호사처럼 되어버리겠지.]

"이런 씹어 먹을!"

루시퍼의 말이 끝나자 이를 바득바득 가는 재오.

그 모습에 루시퍼가 입을 다물었다.

그때 오수원 간호사가 재오의 병실로 들어와 재오에게 붕대를 풀 것이라 이야기를 건넸다.

그리고 재오는 붕대를 풀기 위해 오 간호사를 따라 병실을 나섰다.

Chapter
03

변호사 등장!

물리 치료실에서 붕대를 풀고 재오가 병실로 돌아왔을 때 안에서는 지원이 그를 기다리고 있었다.

지원은 그를 보자마자 두 눈을 크게 뜨고 입을 벌렸는데, 누가 봐도 대단히 놀란 표정이었다.

"왜 그리 놀라? 사람 얼굴 처음 보냐? 아까 오 간호사님도 놀라더니."

"아, 아니, 그게……."

얼굴이 새빨개진 채 고개를 숙이는 지원.

왠지 그녀의 행동이 수상쩍었다.

"왜 그래? 내 얼굴에 뭐 묻었냐? 붕대 풀고 거울 봤을 땐 멀쩡했는데?"

재오는 병실에 걸려 있는 거울로 자신의 얼굴을 유심히 바라보았다.

사실 붕대를 풀 때, 오 간호사 또한 재오의 얼굴을 보고 상당히 놀란 표정을 지었었다.

오 간호사나 지원이 놀란 이유가 뭐지? 교통사고 때문에 얼굴이 심하게 바뀌었나 하는 생각을 했지만 재오의 눈에는 특별히 달라진 것이 없어 보였다.

그런데 자세히 들여다보니 뭔가가 부자연스러운 느낌이 들었다.

'좀 젊어졌다?'

그제야 무엇 때문에 오 간호사와 지원의 반응이 그러했는지 눈치를 챈 재오였다.

분명 재오는 그의 나이보다 훨씬 젊게 보였다.

이른바 동안?

실제 재오의 나이는 서른다섯 살이다. 하지만 거울 속의 재오는 적어도 서른다섯 살보다는 어려 보였다.

자신의 얼굴이기에 얼마나 젊게 보이는지는 파악이 되지 않는 재오였다.

"저기, 나 좀 어려 보여?"

"네……."

"몇 살처럼 보이는데?"

"아저씨, 서른다섯 살 맞아요?"

"맞는데? 주민등록증 보여줄까?"

"아, 아뇨. 근데 정말 서른다섯 살로는 안 보여서요."

"그래? 내가 보기에도 좀 젊어진 것 같긴 하다. 근데 정말 몇 살처럼 보이는 거야?"

"스물다섯 살?"

"와, 십 년이나 젊게?"

[내 힘이야. 나랑 계약하면 적어도 계약이 끝날 때까지는 불타는 젊음을 유지할 수 있지.]

"시끄러워!"

"네? 죄, 죄송해요……."

"엇!"

무심코 루시퍼에게 한 소리를 들은 지원이, 자신에게 한 말로 오인하고는 의기소침해져서 재오에게 사과했다.

"아니, 너 말고."

"귀신이세요. 변호사님 화장실 가셨는데 그건 어떻게 아시고……."

"응? 변호사?"

그때 화장실 문을 열고 변호사란 남자가 나왔다.

재오의 병실은 1인용 특실이었기 때문에 병실 안에 화장실이 있었는데, 그 화장실에서 변호사라 불린 남자가 나온 것이다.

그 남자 역시 지원과 재오의 이야길 들은 듯 놀랍다는 표정을 짓고 있었다.

남자는 재오보다 어려 보였는데, 미남이란 소릴 듣는 꽤나 여자에게 인기가 많을 타입이었다.

하지만 언뜻 새어 나오는 웃음에서 야비한 인상이 간간히 뿜어져 나오고 있었다.

'음, 30대 초반이면 젊은 나이인데, 그 나이에 부잣집 변호사라 이거지?'

재오가 이런저런 생각을 하고 있자 놀란 표정의 변호사는 호탕하게 웃으며 재오에게 손을 내밀어 악수를 청했다.

"서른다섯이라 들었는데 나이보다 훨씬 젊어 보이시군요. 저는 강민영이라고 합니다."

"아, 네. 강민영 변호사님?"

살짝 웃음을 지으며 명함을 꺼내 재오에게 건넨다.

"보내주신 음료는 잘 받았습니다. 통도 크게 한 박스나 보내주셔서 아직도 다 못 먹고 있네요."

"죽다 살아나셨는데 그 정도도 못해드릴까요."

"그러게요. 죽다 살아났는데 절 친 사람 얼굴도 모르다니……. 음료수는 별로 마시고 싶지 않은데 말이죠."

재오의 말에 어색한 웃음을 짓는 민영.

하지만 웃음과 다르게 날카롭게 재오를 쏘아보고 있다.

오히려 그의 노려봄을 웃음으로 넘기는 재오였다.

"일단 앉으세요. 특실이라 그런지 병원 생활은 정말 좋더라고요."

"맘에 드셨다니 다행이군요."

알 수 없는 기 싸움에 오히려 긴장하는 건 옆에 있는 지원이었다.

재오는 민영과 지원에게 음료수를 건네며 말을 계속 이었다.

"지원이에게 들었는데 보상금 문제로 오셨다고요? 그런데 그건 원래 사고를 낸 사람이 와야 하는 게 아닌가요? 적어도 한 번쯤은 말이죠."

"본의 아니게 무례를 범하게 되었군요. 하지만 양해를 부탁드리겠습니다. 사정상 함부로 모습을 드러내기가 어려운 분이시거든요."

변호사 민영의 말에 재오가 뻔히 그를 바라보았다.

어차피 저쪽은 모습을 드러낼 맘이 없는 거다. 얼마나 귀하신 몸인지는 모르겠지만, 굳이 드러내기 싫다는데 긁어 부스럼 만들 필요는 없겠지.

하지만 그만큼 불리한 쪽은 지원과 재오였다.

"그래서 뭘 어떻게 해주실 건데요?"

"이지원 씨에겐 사고에 대한 보상으로 일금 오천만 원을 제시했습니다. 하지만 지원 씨가 대답하길 한재오 씨의 보상 처리와 같이 하겠다고 하더군요."

"그랬지요, 지원이가 그 일에 대해서 걱정을 하기에. 지원이는 아직 어리잖아요?"

"네, 그렇죠."

"그래서 나에 대한 보상은 어떻게 됩니까?"

재오의 말에 서류를 훑는 민영.

"솔직히… 한재오 씨에 대해서는 어떻게 해드려야 할지 난감하기 그지없네요. 회복 속도가 빠르다고 하지만 거의 죽다 살아나셨으니 어디서부터 시작해야 할지 난감하기만 합니다."

"그렇겠죠. 지원이는 몰라도 나 같은 경우는 충분히 이슈화할 수 있으니 말이죠."

"……!"

민영의 표정이 굳어졌다. 그러한 민영의 표정을 보고 지원이 부르르 몸을 떤다.

"애 놀라게 하지 말고, 차분히 이야길 시작해 보죠. 그래서 얼마를 줄 계획이신 겁니까?"

"괜찮으시다면 재오 씨랑 저랑 단둘이 이야기하는 게 좋지 않을까요?"

"글쎄요. 지원이 역시 사고를 당한 피해자이니 이 자리에 있는 게 맞다고 생각합니다. 어차피 지원이도 알아야 할 것이니까요."

지원과 재오의 눈치를 살피던 민영은 한숨을 쉬며 몸을 편하게 앉는다.

"혹시 담배 피우시나요?"

"아, 물론이죠. 재떨이는 여기 있습니다."

일인용 특실, 테이블에 그에 따른 소파와 의자까지 있는 곳이었기에 재떨이 역시 구비되어 있었다.

강민영과 지원은 테이블을 사이에 두고 마주 보고 앉아 있었는데, 침대에 걸터앉아 그들을 바라보고 있던 재오가 침대 옆 탁자 위에 놓인 재떨이를 들어 지원에게 내밀었다.

그러자 쪼르르 달려와 재떨이를 받아 민영의 앞에 내려놓는 지원이었다.

담배를 꺼내 든 민영이 한 모금 빨더니 깊게 숨을 들이쉬며 내뱉었다.

"한재오 씨, 포스가 장난이 아니군요. 서류상으로는 보잘 것없었는데, 직접 만나보니 결코 얕잡아볼 사람은 아니시네요."

민영의 말에 피식 웃음 짓는 재오.

"과찬의 말씀이네요. 그런데 아무리 그래도 그런 악담은 좀 자제해 주셔야 하는 거 아닌가요?"

"…솔직히 말해 최대 금액과 최소 금액을 준비했습니다. 재오 씨를 만나기 전까지는 최소 금액으로 합의할 생각이었죠."

"그래요? 최소 금액이 얼마인가요?"

"…그런데 최대 금액으로 해야겠군요."

"……"

"10억 드리겠습니다."

[와우! 센데?]

놀란 건 잠자코 있던 루시퍼였다.

평소 재오는 어마어마한 특실 사용료에 대해서 말한 적이 있기에 루시퍼는 적어도 대한민국의 화폐 가치에 대해선 대강 알고 있었다.

10억이란 말에 민영을 바라보고 있던 지원은 딸꾹질을 하기 시작했다.

황급히 냉장고에서 물을 꺼내 지원에게 따라주는 재오. 물을 마신 지원의 딸꾹질이 멈췄다.

"뭐… 솔깃하긴 하네요. 조사했다니 알겠지만 지금 살고 있는 데가 고시원이라서 말이죠."

"그럼 합의된 겁니까?"

"그것으로 충분하다고 생각하시나요?"

또다시 굳어지는 민영의 표정. 지원은 이번엔 재오를 바라보며 딸꾹질을 시작했다.

"넌 좀 그만 놀라고."

"인간의 생명은 돈으로 살 수 없다지만 10억이면 보상으로 충분하고도 넘치지 않을까요?"

"…좋아요. 그렇다고 치죠. 솔직히 부자들의 돈지랄엔 당해낼 수가 없으니까요."

"아저씨!"

민영의 눈초리가 하늘 위로 올라섰다.

지원이 황급히 재오를 말리려 했지만, 재오는 지원이 움직이지 못하게 꼭 감싸 안고는 지원의 옆에 앉아 민영을 바라보았다.

"그런데 보상금은 보상금이고, 확실하게 해둬야 할 게 있습니다."

"무엇이죠?"

"저에게 10억을 준다는 건 모든 것을 비밀로 해야 한다는 거겠죠?"

"그렇습니다."

"또한 비밀을 유지해야 하기 때문에 당사자가 나타나지 않고 변호사님이 오신 거겠고. 그래야만 확실히 비밀이 유지될 테니까."

"……."

"하지만 말이에요. 그렇게 고액의 돈을 지급하고도 비밀 유지에 신경을 쓸 정도라면 이 합의가 끝나고 병원을 퇴원해 각자 생활을 하더라도 꼭 우리를 감시하는 사람들이 있을 것 같아서 말이죠."

"……."

민영은 그저 무덤덤한 표정만 지을 뿐 말을 잇지 않았다. 그저 또 다시 담배를 들어 피워댄다. 재오는 그 모습을 보고 희미한 미소를 지었다.

"부인은 하지 않으시네요. 그렇담 자동차 사고를 낸 사람이 그런 계획이 있다든지, 변호사님이 봐도 충분히 그럴 수 있는 사람이라는 소리겠군요."

"…매우 날카로우시군요."

"그저 감시라고 하면 그럭저럭 참아낼 수도 있겠군요. 적어도 서투른 사람을 고용하지는 않을 테니까 말이죠."

민영은 다시 담배를 꺼내 피기 시작했다.

"좋습니다, 한재오 씨. 이후 감시나 그 이외에 두 분을 괴롭히는 일은 절대로 없을 겁니다. 대신, 아시겠죠. 절대 말해선 안 된다는 거. 아니, 절대 이 문제에 대해서 알려고도 하지 말아야 한다는 걸요."

"정말요?"

"……"

"딸꾹!'

민영은 침묵을 지켰고, 지원은 또다시 딸꾹질을 시작했다. 이번엔 스스로 물을 마시러 냉장고로 간 지원.

재오는 피식 웃고는 조용히 입을 열었다.

"아마 우리의 사고는 경찰 신고도, 보험 신고도 제대로 되어 있지 않겠죠? 자동차 번호야 조용히 팔거나 변경하면 그만이고, 우리가 나가면 이 병원에 있는 우리 기록도 없애 버리면 그만이니 사고자와 관련된 우리의 흔적은 전혀 남아 있지 않게 되겠죠. 안 그래요? 게다가 이곳은 개인 병원이니 돈만 확실하다면 커버할 수 있을 것도 같군요."

"……"

"솔직히 말하죠. 감시, 하겠죠. 돈이 마빡에 튄 사람들이 뭐는 못할까. 하지만 감시를 하더라도 나와 지원이에게 절대 들키지 말라고 한 소리에요. 비밀 유지를 조건으로 합의금 10억을 준다는 건 구려도 한참 구리다는 소리니까. 하지만 그렇다 하더라도 우리 같은 소시민에게 피해를 주지 말라는 뜻입니다. 감시를 한답시고 사람을 쫓아다니는 것만 해도 많은 짜증이 나거든요. 왜 그게 짜증나는지는 아시겠죠?"

"……."

"아, 아저씨……."

여전히 민영은 침묵을 지켰고, 지원은 몸을 벌벌 떨면서 울상을 지었다.

하지만 지원에게 조용히 있으라고 눈치를 보내는 재오, 민영을 향해 다시 말을 이었다.

"사람을 쫓아다니게 되면 그 사람은 모른다고 해도 그 사람을 둘러싼 이웃들은 알게 되죠. 그럼 그 사람에 대한 인식이 어떻게 될까요? 괜히 선입관을 가지고 그 사람을 이상하게 대하게 마련입니다. 그게 아니더라도 꼬리가 길면 밟힌다고, 언젠가는 알아채게 되어 있어요. 그럼 그때부터 신경이 자신을 쫓는 사람에게 꽂히게 되죠."

"별걸 다 생각하시는군요."

"당해 봐요, 그런 말이 나오나."

"……?"

"사람 심리가 그래요. 별것 아닌 것처럼 생각하지만 막상 닥치면 스트레스로 죽을 수도 있죠."

"한재오 씨는 상당히 공격적인 성격이시군요."

"뒤가 구린 사람한테는 공격적이긴 하죠, 나에게 어떤 해를 줄지 모르니."

덤덤한 얼굴의 민영.

[야, 너, 뭐, 뭐냐?]

"저는 그냥 조용히 지내고 싶습니다, 남에게 피해 안 주고, 남에게 피해 안 받고. 괜히 일에 휘말려 스트레스 받을 생각 없다는 뜻입니다."

"만약 재오 씨의 말이 사실이라면 오히려 역효과 아닐까요? 그러한 공격적인 성향은……."

"설마요. 그럴 생각이 있었으면 변호사가 아닌 살인청부업자를 고용하겠죠. 그에 따른 위험이 더 크다는 것을 알고 있으니 청부업자 대신 변호사를 고용한 게 아니겠어요?"

"하하하!"

재오의 말에 한바탕 크게 웃는 민영. 갑작스런 그의 태도에 지원과 재오 모두 의아한 얼굴이 되었다.

"재오 씨의 말이 사실일 수도 있지만 걱정 마십시오. 그럴 일은 없을 테니. 재미있는 말씀을 하시는군요."

"당연히 없겠죠. 그냥 한번 해본 소리예요."

민영의 웃음과 함께 재오 역시 크게 웃었다.

누가 너 크게 웃나 내기라노 하는 듯 잠시 그늘의 웃음소리가 계속되었다.

이윽고 먼저 웃음을 멈춘 건 강민영이었다. 민영은 의아한 표정으로 재오에게 말했다.

"정말 못 당하겠군요. 왜 이런 사람이 지금까지 이러고 있었지? 대체 뭐하는 사람이에요? 서류상으로는 크게 눈여겨볼 값어치는 없던데."

민영의 말에 재오는 쓴웃음을 지었다.

하지만 크게 기분이 나쁜 건 아니었다. 지금껏 신랄하게 떠들었는데 그 정도는 받아주지.

"어쨌든 지금 말한 게 조건입니까? 차후 당신들을 따라다니는 사람이 없는 것?"

"설마 다른 계획이 있는 건 아니겠죠? 아까 말했던 더 큰 계획?"

"아아, 절대 그럴 일 없습니다."

"그럼 방금 말한 그것만이라고 해두죠."

"좋습니다. 그럼 그렇게……."

"아, 참, 근데요."

"더 하실 말이라도?"

"지원이의 보상금, 좀 더 쓰는 건 어때요? 여자들은 몸이 약해 한번 다치면 계속 고생하는데. 제가 아는 분도 젊었을 때 살짝 부러진 뼈가 비 올 때마다 아프다고 하더라고요. 그런 경우를 생각하면 오천만 원이면 좀 약하지 않나요?"

"아저씨……."

일어서려던 민영은 지원을 흘깃하더니 다시금 자세를 바로잡았다.

"이지원 씨의 경우… 제 선에서 해드릴 수 있는 액수는 1억입니다."

"아니, 전 괜찮……."

"괜찮네요, 1억."

사양하려는 지원의 말을 재오가 가로막았다.

"그럼 모두 합의된 거죠?"

"그렇죠."

"좋습니다. 합의금은 내일까지 모두 정산해 드릴 겁니다."

합의가 끝나자 강민영 변호사는 병실에서 나갔고, 재오와 둘이 남게 된 지원은 크게 한숨을 쉬며 재오의 침대에 널브러졌다.

긴장이 풀린 듯 숨을 거칠게 몰아쉬는 지원. 그녀는 재오를 보며 앓는 소리를 하기 시작했다.

"아, 아저씨, 1억이라니, 오천만 원도 너무 많은데."

"야, 그렇다고 내 침대에 누우면 어쩌냐? 다 큰 여자가."

"다리가 후들거려서… 아니, 심장이 후들거려서 도저히 못 일어나겠어요. 정말 심장 떨려 죽는 줄 알았다고요."

"하긴, 나도 좀 떨리더라."

[네가 떨었다고? 네 심장은 지극히 정상이었어.]

"너는 좀 이따가 보자."

"네?"

"아니, 너 말고."

"아저씨, 오늘 좀 이상해요."

재오 역시 긴장이 풀렸는지 툭 튀어나온 루시퍼의 말에 대답하고 말았다.

그 바람에 이상한 사람으로 오인 받은 재오.

지원은 다시 한숨을 쉬고는 말을 이었다.

"그 감시란 건 뭐예요? 아저씬 그걸 어떻게 알고요?"

"그거야 당연한 거지. 어른들의 세계는 복잡해서 네가 모르는 게 많아."

"정말… 감시받는 거예요? 나 그런 거 싫은데. 우리가 뭘 잘못했다고……."

"그냥 겁준 거니까 심각하게 생각하지 마. 만만하게 생각하지 말라고. 만약 진짜로 감시를 한다고 해도 몇 개월 하다가 그만둘 테지."

그러자 침대에서 빠끔히 고개를 들어 소파에 앉아 있는 재오를 바라보는 지원.

두 눈을 동그랗게 뜨고는 질린다는 표정을 짓고 있다.

"아저씬 정말… 대단한 것 같아요. 옆에서 지켜보고 있는 난 심장이 떨려 죽겠는데."

재오가 배시시 웃기만 하자 다시 얼굴을 내려 천장을 바라보는 지원이었다.

하지만 천장을 바라볼 기운도 없는지 두 눈을 감고는 말했다.

"휴, 1억……. 이거 써도 되는 건가? 돈이 생겨 좋기는 한데, 쓰기 되게 무서워요."

"일단 은행에 가서 저금해 놓고, 조금씩 찾아서 써. 너에겐 그게 제일 잘 어울린다."

"아저씨는 어떻게 하시게요?"

"일단 카메라부터 사야지. 거기에 카메라값은 분명히 포함된 거니까."

"아, 카메라……."

[대체 카메라가 뭐냐?]

"지원아, 배 안 고파? 나가서 밥이나 먹고 올까?"

또다시 끼어든 루시퍼의 말을 사뿐히 무시하고는 침대에 누워 있는 지원을 불렀다.

하지만 지원은 대답이 없었고, 침대로 다가간 재오는 그녀가 그사이에 잠이 들었다는 것을 깨달았다.

새근새근 넋 놓고 잠든 모습에 살머시 재오가 미소를 지었다.

"딸꾹질까지 하더니 많이 긴장했었나 보군."

[기회닷!]

"응?"

[이건 나를 잡아먹으세요~ 하는 여인의 표시! 이 기회를 놓치는 남자가 바보인 거야!]

"이런 썩을 새끼! 너는 손댈 사람이 없어서 이런 어린애를 건드리려고 하냐!"

[어린애는 무슨! 우리 세계에선 스무 살이면 벌써 성인이라고!]

정말 화가 났는지 욕을 해대며 말했지만 지원이 깰까 잔뜩 목소리를 낮춰 말한 재오였다.

루시퍼의 말에 화가 누그러드는지 입술을 꽉 깨물며 말을 이었다.

"그래, 네가 살던 세계가 그랬다니까 한 번은 봐준다. 하지만 스무 살 이하의 어린애는 건들 생각 마라. 척 봐도 세상물정 모르는 어린앤데, 그런 애를 성적인 농담이나 성적인 잣대로 바라보면 그땐 정말 완전히 산산조각 내줄 테니까."

[……]

재오의 말에 다시금 합죽이가 된 루시퍼. 재오는 잠이 든 지원에게 이불을 덮어주고는 꼬르륵 소리가 나기 시작하는 배를 채우기 위해 조용히 병실 문을 닫고 밖으로 나왔다.

*   *   *

"강 변호사님, 신양물산에서 미팅이요."

"미팅? 그게 무슨 소리야? 보고서라면 며칠 전에 올렸잖아?"

"직접 듣고 싶다는데요, 신양물산 이사장님이."

"......!"

강민영은 개인 변호사 사무실을 운영하고 있었다.

자신의 업무를 도와주는 미스 김의 보고를 받은 민영은 잠시 동안 경직되어 아무런 말도 할 수 없다.

그 모습을 본 미스 김은 의아한 표정을 짓고는 다시금 강민영에게 말을 건넸다.

"강 변호사님, 왜 그러세요?"

"아, 아냐. 잠시 딴생각 좀 했어."

"자세한 건… 여기요."

미스 김이 메모지를 건넨다.

"알았어요. 일보세요."

미스 김이 나가자 민영의 표정이 급격히 굳어진다.

아니, 놀람이랄까.

신양물산은 한재오, 이지원의 보상 업무를 의뢰했던 곳이다.

하지만 그들과 관련된 일을 진행하는 한 달 반 동안 단 한 번도 정식으로 얼굴을 보고 대면한 적이 없었다.

게다가 그들의 보상 업무를 진행하면서 여기에 필요한 서류나 자료는 신양물산이 직접 건네줬다.

다만 강민영이 한 일은 한재오와 이지원에 대해서 조사하고 보상 업무에 대한 경과를 보고하는 것이 전부였다.

뻔할 뻔자.

신양물산은 유령 기업일 것이 뻔하다. 정부 기관이나 어느 기업, 빽 있고 힘 있는 곳에서 세운 '대리자' 겠지.

강민영은 개인 변호사 사무실을 내기 전, 한때는 잘나가던 정치 전문 변호사였기에 정치나 금융 쪽의 일은 웬만큼 알고 있다고 자부했다.

뭔지는 모르지만 이미 그쪽에서 떨어져 나온 이상, 굿이나 보고 떡이나 먹는 것이 제일 좋다는 것을 그는 알고 있었다.

함부로 상관했다간 어떠한 불똥이 떨어질지 모를 일이기에.

'그런데 왜 갑자기?'

지금껏 전화와 메모로만 지시를 내리다가 갑자기 얼굴을 보자고 하니 심히 당황스러웠다. 무엇을 잘못 처리했나?

재오와 지원에게 지급한 10억과 1억의 보상금은 그들의 지시로 내려온 금액에 있는 액수였다.

지령을 내려준 대로 처리하고 그들이 원하는 대로 재오와 지원에 대한 조사, 그리고 그들에 대한 보고를 꼬박꼬박 올렸을 텐데…….

민영은 미스 김이 건네준 메모를 들여다봤다.

'신양물산, 내일 오후 6시, 한국관'

＊　　　＊　　　＊

한국관.

겉으로 보기엔 꽤 비싼 한식 전문점이다.

하지만 정치, 경제계의 비공식 인사들이 모여 회담을 하는
곳이었다.

다르게 말하면 정치적인 로비나 기업 간의 담합, 정보 공유
등, 꽤 더러운 거래들이 오가는 곳이기도 했다.

민영이 안으로 들어가자 곱게 한복을 차려입은 여성이 민
영을 안내했다.

한국관 깊숙한 곳.

민영이 정치에 관련된 변호를 하던 시절, 말을 할 수 없는
업무(?)로 인해 이곳 한국관에 온 적이 있었나.

하지만 그때는 한국관의 깊숙한 곳까지 들어오지는 못했
다.

한국관은 안채와 바깥채로 구분되어 있는데, 소문에 의하
면 한국관의 깊숙한 안채는 정치, 경제의 끗발 있는 사람들만

이 예약을 할 수 있는 곳이라 했다.

만약 그 소문이 사실이라면 '신양물산'이라는 듣도 보도 못한 기업이 들어올 수 있는 곳은 아닌 게 분명했다.

"회장님, 강민영 씨가 오셨습니다."

한복을 입은 여성은 민영을 한 방문 앞으로 데리고 갔다.

사람이 있는 듯 고운 목소리로 허락을 구한 후 다소곳이 방문을 열었다.

방 안에는 50대 중반의 남자가 앉아 있었다. 민영이 들어가자 반갑게 그를 반기는 남자.

대외적으로 이 남자는 '신양물산'의 사장 '이해곤'이었다.

"어이쿠, 강 변호사님, 오랜만입니다."

"안녕하세요, 이해곤 사장님."

"허허, 처음 보는 건가요? 반갑군요."

민영이 들어선 그곳은 단둘이 만나기엔 너무나 큰 방이었다.

특이한 것은 방의 사면이 모두 미닫이문으로 되어 있다는 것이었다.

"보고서에 이상한 것이 있었나요?"

"이 사람, 젊어서 그런가 여전히 성격이 급하시네. 허허. 자, 일단 술부터 받아요."

이해곤 사장이 그에게 술을 내밀자 공손히 두 손으로 받는 민영.

"심기를 불편하게 했다면 죄송합니다. 급히 보자고 하신 게 걱정되어서……"

"하하, 걱정할 건 없습니다. 보고서는 잘 보았습니다. 참 훌륭하더군요."

이해곤의 말에 하마터면 웃음이 나올 뻔한 민영.

아무리 생각해도 지원과 재오를 감시하고 그들의 상태를 파악하는 것인데, 그걸 보고 훌륭하다고 하는 것은…….

이해곤의 말에 민영은 미소로 응답했다.

"하긴, 요즘 같은 급박한 상황엔 강 변호사님같이 발 빠른 사람들이 좋지. 원래 우리나라 사람들이 뭐든지 빠르니까. 하하!"

민영이 적당히 이해곤의 말을 맞받아주자 잠시 후 그는 본격적인 이야기를 꺼내기 시작한다.

"보고서는 잘 보았습니다. 그런데 궁금증이 생기더라고요."

"궁금증이요?"

해곤은 옆자리에 놔뒀던 서류를 꺼내 뒤적거리다 한 부분을 펴고 읽기 시작했다.

"한재오. 현재까지 조사된 정보로는 크게 눈여겨볼 정도는 아니지만, 실재로 만난 그는 매우 날카로운 눈과 정확한 판단력을 가지고 있다. 그가 왜 고시원에 살고 프리랜서 사진작가의 길을 가는지는 모르겠지만 적어도 결코 만만하게 볼 상대는 아님."

"…무언가 잘못되었습니까?"

걱정스런 강민영의 말에 이해곤은 고개를 저었다.

"다만 직접 듣고 싶어서요. 이 한재오란 사람, 과연 어떤 사람인지."

"보고서에 쓴 내용 그대로입니다."

"음, 날카로운 눈과 정확한 판단력이라……. 과연 무엇을 보고 이런 평가를 내린 건지 알고 싶군요. 이분, 신문기자인가요?"

"신문기자는 아닙니다. 자료에도 나와 있듯이……."

"아아, 아까도 말했소만, 나는 강민영 변호사님이 느끼고 판단한 것을 직접 듣고 싶은 거요. 이딴 자료에 의한 게 아니라."

인자한 표정이지만 단호한 이해곤의 말이다. 잠시 침을 꿀꺽 삼키고는 말을 이어나가는 민영.

"…신문기자는 아니라고 생각합니다. 하지만 신문기자보다 날카롭더군요, 정확한 판단력 또한."

"음……."

"신문기자보다는 낫다고 생각합니다."

"강 변호사님은 그 사람이 맘에 들었나 보군요."

"그 정도는 아닙니다. 저랑은 상관없는 사람이니까요."

"듣자하니 그 사람, 처음 병원에 실려 왔을 땐 담당 의사마저도 손을 놓은 상태였다고요? 그런데 기적 같은 힘으로 치유되었다고 하던데."

"저도 그렇게 들었습니다. 하지만 정말 운이 좋은 거겠죠. 기적이라 부를 수 있지만, 어떤 힘이 있어서 치유된 건 아니라고 봅니다."

"만약에 말이야, 그 한재오란 사람이 적이 된다고 한다면 어쩔 것 같나?"

민영은 이해곤의 말을 이해할 수 없었다.

적이라니? 매우 당황스런 질문이지만 당황스러움을 꾹 참고는 천천히 말을 이어나갔다.

"적이라……. 잘 모르겠습니다. 굳이 한재오와 적이 된다는 생각은……. 그가 어떤 위협을 줄지는 몰라도 적어도 편하지는 않겠나는 생각이 드네요."

그 뒤로도 한동안 재오에 대한 이야기가 이어졌고 모든 이야기가 끝나자 민영은 그 방을 나와 한국관을 빠져나갔다.

하지만 이해곤은 계속 그 방에 남아 있었는데, 민영이 나가자 이해곤은 자신의 뒤쪽에 있는 미닫이문을 보며 넌지시 입을 열었다.

"역시 강민영 변호사에겐 특별히 얻어낼 수 있는 정보가 없군요. 정보를 얻으려다가 어르신의 실체에 다가서게 한 건 아닌지 모르겠습니다."

"어차피 희생 없이는 아무것도 얻지 못하지 않겠나."

뒤쪽의 미닫이문에서 낮고 굵은 목소리가 흘러나왔다.

"게다가 강민영 하면 정치 쪽에선 알아주는 인재였어. 거기서 보고 배운 게 있기 때문에 크게 관여할 일은 없을 거야."

"음… 어쨌든 강민영은 한재오에 대해 잘 모르는 것 같군요. 그에게 일어난 일이라든지 그가 사용한 특이한 힘 같은 건 말이죠."

"……."

"어르신, 이미 손은 써놨으니 이지원이나 한재오가 어르신을 알아낼 방도는 없습니다. 하지만 괜히 한재오에 대해서 알려 하시다가 오히려 어르신의 정체를 드러낼 수가 있으니 괜히 긁어 부스럼 만드는 게 아닌지 모르겠습니다."

"이지원이란 아가씨는 어떤가?"

"그 아가씨는 걱정 없겠더군요."

"음, 일단 지켜보기로 하세."

잠시 후 미닫이문에서 들리는 인기척이 사라졌다.

하지만 여전히 자리에 앉아 여유롭게 술을 들이켜는 이

해곤.

술잔을 든 그의 표정에서 아리송한 미소가 지어졌다.

"글쎄, 가끔 부스럼을 만들면 어쩌려나? 후훗."

한없이 인자한 이해곤의 미소가 지어졌다.

Chapter
04

추적자들

퇴원을 하루 앞둔 재오는 병실 침대에 누워 독서에 전념 중이었다.

"재오 오빠, 내일 퇴원하신다고요?"

"어, 지원이 왔냐?"

지원이 노크를 하고 들어왔지만 여전히 책에서 시선을 떼지 않은 채 입을 여는 재오였다.

그는 자신의 통장에 10억이 들어오자 바로 명원 서점에서 책 한 권을 구입했는데, 여행 관련 서적이었다.

세계 여행에 대한 준비에서 실행까지 배낭여행에 대한 여러 가지 정보가 실려 있었다.

"어디 여행 가시게요?"

재오가 보고 있는 책의 표지를 본 지원이 조심스럽게 재오에게 물었다.

그제야 책에서 시선을 떼고 재오는 지원을 바라보았다.

"슬슬 실행해 보려고."

"어? 예? 실, 실행?"

재오의 대답에 당황스러워하는 지원.

제 딴엔 농담 삼아 물었던 것인데 그가 진지하게 대답할 줄은 생각하지 못했다.

장난스럽게 물었던 지원의 눈이 동그래지고, 그런 지원의 생각을 아는 듯 재오는 배시시 웃으며 대답했다.

"내가 사진작가가 되려고 한 이유가 바로 이것 때문이거든. 바로 세계 여행."

"어?"

"더 늙기 전에 세계 방방곳곳을 돌아다녀 보려고. 물론 더 늙어서도 갈 수는 있지만 말이야."

"와!"

지원은 그때까지도 실감을 하고 있지 못했다.

집안 사정 때문에 학교를 휴학해야 했던 지원에게 세계 여행이란 현실 너머에 있는 몽상에 가까운 것이었고, 그런 그녀에게 '세계 여행'이란 단어는 이상향에 가까운, 실현 불가능한 말이나 다름없었다.

그런데 재오의 모습을 보니 절대 허투루 하는 말이 아님이 분명했다.

"정말, 정말요? 정말 가시게요?"

화들짝 놀라 두 눈이 동그래지는 지원을 보고 오히려 더 놀라는 재오.

"왜 그리 놀라? 교통사고 보상금을 꽤 두둑하게 받았는데, 그럼 당연히 가야지."

"하, 하지만 작가는요? 아직 프리랜서라면서요? 사진작가 되셔야죠."

다시 독서에 열중하려는 재오는 그제야 책을 완전히 덮고는 침대에서 내려와 냉장고에서 음료수를 꺼냈다.

그리고 병실 소파에 앉아 있는 지원에게 건네주며 말했다.

"그것 때문에 사진작가가 되려고 했던 거야. 여행 다니면서 뭐하겠냐? 사진 찍어야지. 나중에 '내셔널 지오그래픽'에 내 사진을 싣고, 그리고 세계의 역사에 남을 만한 사진작가 겸 여행가가 되는 게 내 꿈이다. 너는 모르겠지만, 그래서 내가 주력하고 있는 게 풍경 사진이고."

"아아, 풍경 사진……."

지원은 아직도 충격이 가시지 않은 듯 멍한 표정으로 재오를 바라보았다.

"너도 가고 싶어? 그럼 이번 기회에 같이 갈래?"

"네? 아, 아뇨. 전 돈 없어서 못 가요!"

이상향에서 다시 현실로 내려온 지원이 고개를 가로저으며 대답했다.

자신의 마음을 들킨 것이 창피한 듯 얼굴이 발그레해지는 지원었다.

"너도 교통사고 보상금 받았잖아. 1억이면 충분하지, 뭐."

"네? 1억으로요?"

"음, 내가 처음 계획을 세운 게 4천, 5천이었어. 배낭 하나 메고 걸어서 세계를 돌아다니면서 드는 비용이 그 정도 되었거든. 지금 시세랑 환율이 올라 좀 비싸졌다고는 해도 1억이면 충분할걸?"

"아, 정말요?"

"응. 그런데 나는 걸어서 다니고, 숙식은 최대한 민박에 비박도 감수할 생각이었으니까. 편하게 여행하려고 한다면 좀 많이 부족할 수도 있겠다."

"아……."

뭔가 아쉬운 듯했지만 다른 측면으로는 희망을 느꼈다는 듯한 지원의 표정.

한마디로 만감이 교차하고 있었다.

하지만 이내 고개를 푹 숙이며 우울한 목소리를 낸다.

"하지만 전 안 되요. 못 가요."

"너 1억 받아서 어디다 쓸 예정이냐?"

"네? 그건… 말하기 좀 곤란한데요."

"그렇다면 자세히 묻지는 않으마. 그런데 어떤 일이든 희생이 없는 대가이란 없다. 무엇을 선택하기 위해선 무엇을 희생해야 돼."

"아…….."

그때였다, 재오의 핸드폰에서 벨이 울린 건.

"네, 형님! 어쩐 일이세요?"

"짜식, 잘 지내냐?"

"그럼요. 잘 지내지요. 형님은요?"

걸려온 전화에 황급히 표정이 밝아지는 재오.

지원은 그런 재오를 잠시 바라보다 통화가 길어질 것 같아 보여 그대로 몸을 돌려 병실을 나가려 했다.

그녀는 통화에 열중인 재오의 모습을 보고는 기분이 우울해 졌다. 지원은 재오에게 할 밀이 떠올랐지만, 통화에 바쁜 재오를 방해하지 않기 위해 나가려 했던 것이다.

그녀가 조용히 병실 문을 닫으려 하는데,

"잘 가, 지원아."

"어? 아, 아저씨!"

핸드폰의 수화기를 손으로 막고는 방긋 웃어 보이고 있는 재오.

지원은 기회를 놓칠세라 다급히 재오를 불렀다.

"응? 왜?"

"…저기요. 나중에요. 나중에 힘든 일 있으면 아저씨한테 이야기해도 되요?"

"그럼. 언제든지."

재오는 환하게 웃으며 윙크를 했고, 지원은 재오의 윙크에 얼굴이 빨개져서는 서둘러 병실을 나섰다.

닫힌 병실 문을 보고는 흐뭇하게 웃는 재오.

"아, 나도 나이를 먹긴 먹었나 보다. 저런 참한 딸 있었으면 좋겠네."

[흥! 딸이라면 사족을 못 쓸 녀석! 딸을 가지려면 여자부터 사귀라고!]

재오는 다시 핸드폰을 들어 통화를 했다.

"형님, 죄송해요. 병문안 온 사람이 있어서."

"그나저나 너 지금 움직일 수 있는 거야?"

"당연하죠. 지금은 팔팔해요. 내일 퇴원인 걸요."

"죽기 일보 직전이었다면서 벌써?"

"괜찮다니까요. 안 그러면 퇴원 못하죠."

"음……. 뭐, 좋아. 이번엔 좀 멀리 갔다 와야 하는데 괜찮겠어?"

"어딘데요?"

"거제도."

재오에게 전화를 건 사람은 사진작가 김현보.

재오가 그를 만난 건 몇 해 전의 사진 공모전 때였다.

비록 재오는 그 공모전에서 탈락하긴 했지만, 재오의 사진을 좋게 본 현보는 재오에게 연락을 취했고 그 이후 재오에게 약간의 일을 주면서 재오와 친분을 유지하고 있었다.

현보에게 이번 의뢰에 대한 자세한 사항을 전해 들은 재오는 그 다음날 퇴원을 하자마자 새로운 카메라를 구입하기 위해 곧바로 용산 상가로 향했다.

부러진 팔 때문에 계속 병원 신세를 져야 하는 지원은 누구보다도 재오의 퇴원을 아쉬워했고, 전화번호를 교환하며 꼭 전화하라고 신신당부를 했다. 하지만 새로 구입할 카메라에 대한 기대감이 머릿속에 차 있는 재오에겐, 지원의 말을 신경 쓸 겨를이 없었다.

시금껏 가격 대비 성능비가 최고라는 메이저 브랜드 '펜탁스'의 제품을 사용하던 재오는 교통사고로 인한 넉넉한 여유자금을 이용해 평소 그가 가지고 싶었던 모든 카메라 제품을 사기로 작정을 했던 것이다.

펜탁스 k—5, k—r을 비롯, 시그마의 SD1, 소니의 DSRT a77,

캐논의 5D mark3, 라이카의 S2, 니콘의 D4, 그리고 삼성, 후지, 올림푸스, 파나소닉의 각종 미러리스 카메라들.(물론 렌즈는 각 브랜드에 맞는 제품을 사야 하기 때문에 렌즈까지 모두 구매해야겠지만!)

어떤 카메라고 더 좋다고 말할 수 없지만, 일단 평소에 가지고 싶던 것을 모두 구매하기로 작정한 재오였다.

[세계 여행인가 뭔가를 준비한다면서 왜 갑자기 일을 맡아?]

"여행은 여행이고, 일은 일이고. 어쨌든 내 능력을 사주는 건데, 당연히 내 능력을 팔아야 할 거 아냐."

[당최 뭔 소린지…….]

늦은 오후, 용산 상가에는 수많은 사람들이 몰리고 있었고 그것을 본 루시퍼는 눈이 휘둥그레지며 다시 재오에게 경악의 목소리를 냈다.

[와! 뭐야, 여긴? 왜 이렇게 사람이 많아?]

놀란 루시퍼의 말에 피식 웃음 짓는 재오. 목소리만 들어도 눈이 튀어나왔다는 것을 알 수 있었다.

루시퍼의 말은 오직 재오만 들을 수 있는 것이기에 재오는 사람들이 많은 곳에선 그와 대화하기를 꺼렸다.

왜냐면 십중팔구 미친 사람 취급을 받기 때문.

그러한 이유로 지금 재오는 이어폰을 귀에 끼고 있었다.

적어도 루시퍼랑 대화하면 전화 통화하는 것으로 보이겠지.

그의 핸드폰 역시 교통사고 당했을 때 그의 카메라와 함께 박살이 났는데, 지금 그가 가지고 있는 핸드폰은 재오가 병원에 있을 때 강민영 변호사가 알아서 준비해 준 것이다.

"네가 떨어진 곳은 우주 한구석에 있는 지구란 별, 지구에 있는 수많은 나라 중에서도 대한민국이라는 곳의 서울. 서울에 살고 있는 인구의 수가 얼만지 아냐?"

[얼만데?]

"대충 천만 명."

[헉! 웬만한 한 나라의 인구인데!]

"서울의 인구는 대충 천만 명, 대한민국의 인구는 대충 4천만 명, 세계 인구는 대충 70억."

재오는 '무식한' 루시퍼를 위해 이미 대한민국의 숫자 개념을 병원에서 알려줬었다.

[내가 살던 세계도 그만큼은 있어! 뭐… 어쨌든 많군.]

"많지. 너도 서울에 살다 보면 서울에 사는 사람 수만 해도 얼마나 많은지 뼈저리게 느낄 거다."

[음! 그럼 서울만 장악해도 세계를 정복하는 건 쉽겠군. 그 정도 인원과 내 마법의 힘이면 충분해.]

잠잠하다 싶었는데 또다시 시작된 루시퍼의 세계 정복 소리에 재오는 한숨을 쉰다. 루시퍼는 병원에 있는 동안 틈이 날 때마다 세계 정복을 하자고 노래를 불렀는데, 세계 정복을 할 수 없는 이유를 말해주었음에도 몇 시간이 지나면 또다시 세계 정복 운운하는 것이다.

재오는 이번 기회에 다시는 세계 정복이란 소리를 못하도록 매듭을 지어야겠다고 생각했다.

"세계 정복을 하기 위해 필요한 게 뭐지?"

[필요한 게 뭐 있어? 그냥 정복해 버리면 그만인데. 한 지역을 정복해 버리면 필요한 건 다 나와. 그럼 다른 데 정복하고, 또 그럼 다른 데 정복하고.]

"알 만하다. 그러니까 네가 지구로 쫓겨났지."

[우씨! 뭐가 문제인데?]

"자, 생각을 해보자. 세계 정복을 하기 위해선 여러 가지가 필요해. 그중에 제일 필요한 것이 군대야. 네가 아무리 힘이 세서 세계를 멸망시킬 수 있다 해도 널 따르는 사람이 없으면 세계 정복을 할 의미가 없으니까. 또한 세상은 넓기에 세계 정복을 한다고 해도 너 혼자서는 다스릴 수 없잖아? 그럼 당연히 군대를 만들어 세계 각 지역에 주둔시켜 너의 힘을 과시하겠지? 물론 군대를 이용해 세계를 정복하는 건 당연한 일일 테고."

[그, 그건 그래.]

"그럼 군대를 유지하기 위해선 돈이 들어가겠지? 돈이 아니더라도 군인들이 먹을 식량, 그들이 사용할 무기, 그리고 각 정복지에 주둔하면서 들어가는 비용……. 그런 거 다 어떻게 마련했냐?"

[그런 건 정복하면 알아서 나오는데?]

"바보냐? 세계 정복한다면서 그런 것도 확인 안 해? 이 시대 말로 쉽게 말하면 돈이 들어가는 거란다."

[우리 차원에도 돈은 있었다. 그래서?]

"돈만 들어가는 건 아니지. 사람은 먹고살아가는 존재니까 돈과 함께 식량이 필요하지. 그런 거 다 어떻게 구하겠냐?"

[그거야 정복하면…….]

당당하게 말하는 듯했지만 한층 기가 꺾인 목소리로 루시퍼는 대답했다.

그의 대답에 쯧쯧 혀를 차는 재오.

"너는 안 되겠다. 어떻게 세계 정복한다면서 그런 기본적인 것조차 모르냐? 그게 정복해서 나올 문제냐? 정복하기 전에, 그리고 정복한 후에도 나오도록 해야 할 거 아냐."

[그런 게 왜 필요한데? 그냥 힘으로 때려잡으면 그만이지.]

억울하다는 듯 성을 내며 말하는 루시퍼.

"그럼 세계 정복을 모두 한 후에는 어떻게 이 세계를 유지할 건데? 그건 기본이야, 기본. 세계 정복은 곧 전쟁이다. 전쟁을 하게 되면 지금껏 이루고 있던 모든 것이 다 무너진다고. 경제는 물론 그 무너진 것들을 다시 바로잡아야 하는데 왜 그런 쓸데없는 짓을 하는데?'

[아우! 그럼 그런 거 무너뜨리지 않고 하면 되지!]

"어떻게 무너뜨리지 않고 할 건데?"

[…….]

"경제가 발전된 지금 세계 정복이란 있을 수 없는 이야기다. 이렇게 풍요롭고 좋은 세상을 네가 살던 곳처럼 원시 별로 만들 일 있냐?

결국 루시퍼는 모든 효과음을 멈추고 침묵을 선택했다.

과연 언제까지 이 침묵이 계속될지는 모르지만, 기회를 놓칠세라 재오는 본격적인 쇼핑을 하기 시작했다.

용산 상가 안에 있는 크고 작은 상점들을 돌아다니며 가격과 여러 카메라를 살펴보던 재오가 네 번째 상가에서 벗어나자 그때까지 조용히 있던 루시퍼가 다시 조용히 입을 열었다.

[근데 말이다. 왜 이곳 사람들은 검을 가지고 다니지 않지?]

"검이란 무기를 버리고 머리란 무기를 선택했다니까."

[뭐야, 그건?]

"사람을 죽일 수 있는 방법이 꼭 칼과 창이란 게 아니란 소리다."

[아휴, 짜증나! 대체 뭔 소리야?]

"공부를 해. 이미 검과 마법으로 세상을 지배하는 세계는 지났으니까."

[야, 한재오!]

루시퍼가 커다란 목소리로 소리쳤을 때 재오는 그저 그가 약이 올라 짜증을 부리는 것이라 생각했다. 하지만,

[튀어!]

"응?"

[조각이다!]

"이런 제길!"

루시퍼의 말에 뒤도 돌아보지 않고 달리기 시작하는 재오.

용산 상가를 벗어나 지하철 입구에 다다르자 잠시 멈춰 서서 숨을 골랐다.

무작정 달리다 보니 재오는 짜증이 났다.

[야! 튀라고!]

"근데 네가 본체라서 조각보다는 네가 더 세다며? 그렇다면 네가 그들을 흡수하면 되잖아?"

[첫 번째, 일단 내 마력을 사용하기에는 너는 너무 약해서 그들을 이길 수 있을 만한 힘을 낼 수 없다. 나는 계약자의 강함에 반응하고, 조각들 역시 인간에 따라 더 큰 힘을 낼 수도 있지. 두 번째, 차원 통과를 하면서 나의 몸이 박살 났기에 지

금 내가 가지고 있는 힘은 너무 약하다. 물론 네가 가진 마법의 힘의 증가와 함께 나 역시 회복, 증가할 수는 있지만 지금의 너는 역부족이야.]

"병원에서는 머야? 거기선 제압했잖아?"

[병원에서의 일은 정말 운이 좋았던 것이고, 그러한 일이 지금도 계속된다고는 장담 못해. 게다가 그때는 한 달 동안 모아놓았던 마력으로 마법진을 준비해 놨지만 지금은 그럴 틈도 없다고!!]

"젠장맞을!"

마법에 관련된 일에서만큼은 재오보다 더 논리적으로 변하는 루시퍼이기 때문에 재오는 군소리하지 않고 지하철역으로 뛰어 들어갔다.

1호선에서 2호선으로 갈아타고, 2호선을 경유하는 여러 지하철을 갈아탔음에도 쫓고 쫓기는 '조각'의 추격은 계속되고 있었다.

문이 닫히기 전 몸을 움직여 놈을 따돌린 적도 있지만, 놈은 과감하게 텔레포트를 해 재오를 추적했고, 일정한 거리를 두고 움직이고 있었다.

재오를 쫓되 기회를 노리는 승냥이처럼.

한 시간이나 넘도록 그런 상황이 계속되자 슬슬 짜증이 밀려오는 재오였다.

　처음에 느꼈던 공포와 불안은 이미 흔적도 없이 사라진 후였다.

　"야! 왜 아직까지 쫓아오는 건데?"

　[아마 나의 강함을 파악하고 있는 중이겠지. 병원에서야 내 힘이 불안정하고 네가 부상당한 상태였기에 아무 거리낌 없이 습격했지만 지금은 상황이 다르거든.]

　"이성이 없다며? 병원에서처럼 막무가내로 습격하는 거 아냐?"

　[사람에 따라 다르지만, 아마 이놈은 조각의 힘을 흡수한 놈 같아. 솔직히 이 시간까지 제정신이 무너지지 않고 버틴다는 건 그만큼 정신력이 강해서 조각의 힘을 흡수했다는 뜻이지.]

　재오는 조각이라든지 자신과 계약을 맺은 마검 루시퍼에 대해서 너무 많이 모른다는 생각을 했다.

　지피지기면 백전백승이라고, 루시퍼는 그렇다고 해도 일단 '조각'에 대한 성질과 특성을 파악해야지 확실한 대응을 세울 수 있기 때문이다.

　'젠장, 루시퍼가 있다는 생각으로 조각의 위험성을 간과하고 있었네. 돌아가면 조각에 대한 것부터 파악해야겠군.'

　이를 꽉 문 재오는 지하철 안에 걸린 지하철 노선도를 뚫어져라 확인했다.

"루시퍼, 내가 저놈과 싸운다고 할 때 이길 확률이 얼마냐?"

[확률이 뭔데?]

"100을 기준으로 1이 내가 처참하게 깨지는 경우, 100이 내가 완승을 하는 것. 그 사이의 숫자로 강함과 약함을 가늠하는 거지."

[저쪽은 내가 파악할 수 있는 최소한의 마법력만 내뿜고 있는 상태니까 마법의 강함만 생각한다면 저쪽이 70, 네가 30. 하지만 마법은 시전자의 체력과 능력을 생각한다면 저쪽이 60, 네가 40.]

"…너 대체 어떤 기준으로 판단한 거야?"

[응?]

"무사히 여기서 빠져나가면 확률 계산하는 거 다시 한 번 가르쳐 줄게."

[뭐, 틀렸나?]

재오는 다시 한 번 지하철 노선표를 뚫어지게 바라봤다.

'어쨌든 싸우면 내가 지는 거다. 하지만 상대방이 추격을 멈출 의향이 없는 한 언제까지 계속 도망만 칠 수는 없어. 게다가 저놈은 마법을 어느 정도 습득한 상태. 짜증나는군. 따돌렸다 싶으면 계속 텔레포트를 해서 쫓아오다니. 어떻게 해야 놈의 텔레포트를 무효화시킬 수 있을까? 여기 어딘가에 놈의 텔레포트를 무효화시킬 만한 곳이 있을 텐데…….'

[근데 말이야. 좀 이상한 게 있네.]

"뭐가?"

[조각 말고, 널 따라오는 사람의 무리가 더 있어.]

"응?"

[솔직히 말하면 그 조각보다 이 사람들을 파악하기가 더 힘들었어. 자꾸 사람이 변해서 긴가민가했는데 지금 보니 확실하네. 아까 정차한 역에서 맨 처음 따라붙었던 사람이 다시 나타났거든. 그리고 그놈의 시선이 유독 너를 향하고 있어.]

"……?"

처음엔 놀랐고 그다음엔 우스웠다. 그리고 그다음엔 어이가 없었다.

분명 재오에게 10억을 준 그들일 것이다. 모든 것을 비밀로 붙여야 한다는 정체를 알 수 없는 재벌.

'뭐야? 진짜로 감시가 들어온 거야?'

재오는 당혹감을 느꼈다.

재오가 강 변호사에게 '감시'에 대해 말을 했지만, 어디까지나 그건 간보기에 불과했다.

어떻게 보면 으름장이라고 할 수 있었는데, 설마 그것이 정말로 이뤄질 줄이야!

하긴, 현재 고시원에 살고 힘도 백도 없는 프리랜서 나부랭이일 뿐인 재오의 능력상 재오가 강민영을 떠보고 경고를 한다 해도 그의 경고는 무시될 것이 뻔했다.

하지만 아무리 그렇다고 해도 정말로 감시를 해?

정말 돈이 마빡에 튀냐?

게다가 재오는 조각을 따돌리기 위해 여러 번 문이 닫히기전 지하철을 빠져나와 다른 지하철로 옮겨 타곤 했다. 그런데 그 상황에서 자신을 쫓는 사람들이라니!

"그거 확실한 거야? 나를 뒤쫓는 사람이라니? 혹시 다른 조각 아냐?"

[믿어. 적어도 마나 탐지 능력은 내가 최고야.]

인상을 찡그리는 재오. 루시퍼가 어떻게 자신을 쫓는 사람들을 파악하는지는 몰라도 어쨌든 그런 쪽에선 루시퍼의 능력을 무시할 수 없기에 그의 말이 사실일 확률이 높았다.

아니, 사실이라 믿어야지.

'이걸 황송하다고 해야 하나, 오버라고 해야 하나?'

재오는 다시 한 번 상황을 정리했다.

그들이 언제부터 자신을 쫓았는지는 모른다.

재오는 조각을 따돌리기 위해 여러 번 문이 닫히기 전 지하철을 빠져나와 다른 지하철로 옮겨 타곤 했는데, 한두 번은 재오를 쫓아왔을 수도 있다.

하지만 재오가 기억하건대 지하철역에서 달리는 사람은 자신뿐이었다는 것이다.

'예상 경로를 예측해 미리 감시자를 심어놓는 건 쉬운 일이다. 하지만 무작위로 움직이는 사람을 추적하는 건 매우 힘든 일이야. 지금 나는 쫓기는 상황이라 문이 열리고 닫힐 때를 이용해 조각을 따돌리려 했고. 하지만 조각은 마법을 사용해서 나를 쫓아왔다. 루시퍼는 그 조각이 '텔레포트'를 사용했다고 했어. 좋아, 조각은 그렇다고 해. 그럼 그놈들은?'

생각을 정리하던 재오는 문득 떠오르는 것이 있어 루시퍼에게 물었다.

"루시퍼, 혹시 내 몸에 금속으로 이뤄진 무언가 있지 않냐?"

[금속? 금속이야 많지. 네가 메고 있는 가방, 허리띠도 그렇고, 네 손목에 차고 있는 것도 그렇고.]

"오! 혹시나 해서 물어봤는데 꽤 쓸모 있네?"

[나를 쓸모없는 인간 취급 하지 마! 나 마검이라고! 우주가 가진 힘의 근원! 신과 필적할 만한…….]

"됐고, 금속인데 혹시 살아 있는 금속, 금속으로 이루어진… 아니, 주성분이 금속인데, 스스로 움직이는 거.]

[그 시계라는 거 말이야, 네 손목에 차고 있는?]

"다른 건 없어?"

[네 신발 속에서 뭔가가 움직이는 것 같아. 뭔지는 모르겠지만.]

재오는 신발을 바라보며 짧게 생각했다. 루시퍼에게 전자기계에 대해 교육 좀 시켜야겠구나.

육안으로 보기엔 아무 이상이 없는 등산화.

꽤 오래 신어 낡긴 했어도 비싼 값을 치르고 구입한 등산화였기에, 앞으로 몇 년은 더 신을 수 있을 것 같았다. 어쨌든 재오는 확실히는 몰라도, 자신의 신발 안에 추적 장치가 있다고 생각했다. 영화에서나 볼 수 있는, 바로 그것 말이다.

"양쪽 다 그래? 아니면 한쪽만 그래?"

[한쪽만 그러는데?]

'추적 장치다!'

아찔한 기분이 들었다. 정말 영화에서나 가능한 일이 나에게서 일어나다니!!

그 순간, 재오는 공포를 느꼈다.

'대체 무엇 때문에 나를 추격하는 거지? 교통사고? 아냐. 우린 피해자야. 게다가 난 죽다 살아났어. 대체 날 왜? 설마 병원에서의 일을 본 건가? 루시퍼의 존재를 알고? 아니, 그건 아닐 거야. 루시퍼의 능력을 사용한 건 나니까 분명 표적은 나일 테지!'

재오는 귀신은 무섭지 않았다. 어렸을 적, 영화나 텔레비전에 나오는 귀신을 보며 이불 속으로 숨은 적은 있지만 머리가 크자 귀신이 있다고 해도 이유 없이 사람들 앞에 나타나지 않는다는 것을 깨달았다.

세상을 살아가는 것 또한 같아서, 재오가 타인에게 해를 끼치지 않는 이상, 타인 역시 해를 끼치지 않는다는 것을 알았다.

하지만 가끔 이유 없이 타인이나 귀신, 초자연적인 현상의 피해를 받을 수 있었지만, 그러한 확률은 극히 적고 일어난다고 해도 얼마나 처신을 잘하느냐에 따라 피해갈 수 있다고 생각했다.

적어도 아무런 이유 없이 사람이 사람에게 피해를 주지 않는다는 것이 재오의 생각이었다.

그리고 지금껏 타인에게 피해를 주지 않고 살아왔다고 자부하고 있는 재오였다. 그런데 왜?

무엇 때문인지는 모르지만 그들은 위험했다.

정확한 이유를 알 수 없는 압박은 사람을 심리적으로 무방비하게 만들고 판단력의 저하를 불러일으켰다.

상대방이 누구인지, 그리고 그 이유를 알 수 없다면 위험에 대한 대책을 세울 수 없기 때문이다.

제아무리 힘센 슈퍼맨이라 해도 정신이 무너지면 몸이 무너진다는 것을 재오는 충분히 알고 있다.

그리고 만약 지금의 재오에게 루시퍼가 없었다면 그 심리적 압박이 배가되었으리란 것도.

온갖 생각이 지나갔지만, 재오는 지금 당장 필요한 일을 해야 한다고 생각했다.

"루시퍼, 지금 따라오는 사람 멀리 날려 보내든지, 잠시 기절시킬 수 있어?"

[왜?]

"일단 저들은 조각과는 상관없는 놈들이라 되도록이면 너의 능력을 감추고 싶거든. 저들이 어떤 위협으로 내게 다가올지 모르니까."

[음… 그건 대충 이해하겠다. 하지만 못해.]

"왜?"

[할 수 있다고 해도 지금 조각에게 나의 힘을 노출시키는 건 곧 죽음이야. 어떤 놈인지도 모르는데.]

"손톱의 때만큼도 필요 없는 놈."

[윽!]

그때였다.

지하철이 잠시 정차했다가 출발하기 위해 문이 닫히려는 순간이었는데, 재빨리 닫히는 문 사이로 밖으로 튀어나가는 재오.

달리자마자 곧바로 계단을 향해 뛰어갔다.

[흥! 이런 방법은 아까 했잖아.]

무시하는 듯한 루시퍼의 말투. 하지만 재오는 루시퍼를 신경 쓰지 않았다.

'좋아, 어쨌거나 지금 저들은 감시자의 입장이니까 신경 쓰지 말자. 추적 장치를 쓴다는 것은 한 번 나를 놓치면 나를 찾기까지 최소한의 시간이 걸린다는 거야. 그러니까 우선 급한 불부터 끄자고. 쓸모없는 놈이라 해도 그래도 정신적 위안은 되네. 나 혼자 있었으면 패닉 상태에 빠졌을지도 몰라.'

전철이 역 플랫폼을 떠나자 바로 방향을 바꿔 다시 플랫폼으로 뛰어가는 재오.

[어? 야? 미쳤어? 분명 놈은 플랫폼으로 텔레포트해 올 거라고! 지금까지 조각이 사용한 마법의 흐름을 보면 그래!]

"병원에서처럼 담배를 이용해서 제압할 수는 없냐?"

[그 경우와 이 경우는 완전히 다르다고! 적어도 이놈은 이성이 있는 놈이야! 왜 자꾸 그쪽을 향해 뛰어가는 거야!?]

"시끄러! 지금부터 조각이 너의 마법을 절대로 느낄 수 없게 해!"

[이게 미쳤나? 왜?]

"이렇게 된 거, 밀져야 본전이야! 어차피 싸움은 깡이니까!"

다행히도 플랫폼에는 사람이 한 명도 없다.

다만 전철역 명이 적혀진 팻말이 바람에 살며시 움직이고 있을 뿐이었다.

'서빙고역'이라고 크게 적힌 팻말이!

*   *   *

재오는 플랫폼 주변을 살펴보기 시작했다. 한 발짝 한 발짝 천천히 몸을 움직여 유심히 주변을 관찰했다.

아직까지 조각의 모습은 나타나지 않았다.

'분명 여기로 온다! 사람들이 많이 있는 곳에서 텔레포트를 사용할 만큼 간 큰 놈이 지금까지 쫓아만 온다는 것은 아직은 나를 무서워한다는 것!'

[왔다. 네 뒤!]

짧은 루시퍼의 대답에 뒤를 돌아다보는 재오. 출구로 나가는 계단 바로 앞에 서 있는 한 여자.

20대 중반으로 보이는 아리따운 여인이었다. 여자는 잔뜩 겁을 집어먹었는지 두 눈을 동그랗게 뜨고 재오를 바라보고 있었다.

놀란 표정을 숨기는 표정을 제외하고는 누가 봐도 방금 계단에서 내려온 행동을 하고 있었다.

여자를 보고 피식 웃음을 짓는 재오였다.

재오의 웃음을 본 여자는 아무 일도 아니라는 듯 그를 스쳐 플랫폼에 있는 간이 의자에 앉았다.

천천히 그녀를 따라 여자의 옆으로 재오가 앉았지만, 여자는 살짝, 재오와의 거리를 두었다.

"이제 탐색전은 그만하자. 놀아주는 것도 이젠 지겨워."

"네? 무슨 말씀을……."

"네가 궁금해하고 있는 것을 말해주지. 나는 솔직히 힘쓰는 게 귀찮아. 나 역시 네 행동이 의아하기도 하고. 하지만 내 생명을 노리는데 끝까지 가만히 있지는 않지. 여기서 네가 선택할 것은 두 가지야. 살려줄 때 조용히 가든지, 아니면 죽든지. 너랑 놀아주느라고 많은 시간을 허비했으니까 빨리 결정해라."

순간, 여자는 용수철처럼 튀어 오르며 재오를 향해 공격 자세를 취했다.

일정한 거리를 두고 한 손을 앞으로 뻗은 상태. 하지만 그녀의 두 손은 벌벌 떨고 있었고, 공격 자세를 취했지만 그 어떠한 공격도 하질 못했다.

그 자세가 공격 자세인 건 나중에 루시퍼의 설명으로 알게 되었다.

"소리 소문 없이 죽고 싶냐? 함부로 나대지 마라. 성질 건드리면 그냥 죽여 버릴 테니까."

재오의 시선은 처음부터 여자가 아닌, 정면을 응시하고 있었다.

그녀가 빠르게 움직여 자세를 취했을 때도 그의 시선은 정면에서 움직이지 않았다.

그런 재오의 모습을 본 여자의 떨림이 더욱 커졌다.

"지, 지금까지 쫓긴 건 널 텐데!"

'좋아, 좋아. 목소리가 떨리고 있군.'

생각보다 고운 여자의 목소리. 만약 이런 상황이 아닌 보통의 상황이라면 반했을 법한 목소리다.

"그게 네 대답이냐? 한 시간 동안 쫓아다녔으면 대강 눈치챘을 텐데?"

"……."

쉽게 대답을 못하는 여자. 대신 루시퍼가 조용히 재오에게 묻는다.

[응? 그러고 보니 왜 한 시간 동안 쫓아다닌 건데? 그리고 너는 그걸 알고 있었다고?]

'무식한 녀석. 그것도 모르고 한 시간 쫓긴 거냐? 술래잡기 놀이 하려고 한 시간이나 쫓을 리는 없잖아! 그런 머리로 어떻게 세계를 정복한다는 거야?

라고 말해주고 싶었지만, 묵묵히 정면을 응시하는 재오.

계약을 하고 루시퍼가 재오의 몸속에 있다고는 하지만 정신까지 동화된 것은 아니었기에 루시퍼와 대화를 하기 위해선 소리를 내어 말을 해야만 했다.

하지만 지금은 상황이 상황인만큼 조용히 루시퍼를 무시해 주는 재오였다.

"나 시간 없다. 너랑 놀아주느라고 한 시간이나 소비해 버렸어."

그러며 슬쩍 손목시계를 바라보는 그의 행동을 경계하며 여자가 흠칫 놀랐다.

"뭐, 평소 같았으면 나를 건드리거나, 내가 노린 먹이는 절대 놓치진 않지만, 이번엔 조금 봐주려고. 너, 내 스타일이거든."

"……."

[뭐야, 이건?]

여자의 표정이 공포를 동반한 애매한 표정으로 변했다. 하지만 재빠르게 다시 경계의 눈빛을 취했다.

황당한 재오의 말에 불쑥 튀어나온 루시퍼의 기를 여자가 느낀 모양이었다.

"아, 숨긴다고 숨겨도 간혹 힘이 튀어나와서 말이야. 겁을 줄 생각은 없으니까."

여잔 잠시 고민하는 듯했다. 고운 눈썹 사이의 미간을 살짝 움츠리더니 미심쩍다는 듯 입을 열었다.

"만약에 지금 당신이 연극을 하는 거라면? 원래는 아무 힘도 없는데 지금의 상황을 모면하기 위해 연극하는 거라면? 내가 당신을 어떻게 믿지?"

재오는 피식 웃으며 자리에서 일어났다.

"네 대답은 그거야? 아쉽네. 그래도 얼굴이 예뻐서 그냥 돌려보낼까 했는데."

그리고 성큼성큼 다가가 여자의 팔을 잡는 재오.

"힘쓰지 마. 잘못하면 몸이 아작 날 수가 있어."

여자는 공포로 가득한 얼굴로 재오에게 잡힌 손을 빼내려 했지만, 재오가 내뱉은 나직한 말에 그대로 온몸이 경직되었다.

천천히 여자의 얼굴에 자신의 얼굴을 갖다 대는 재오. 가늘게 떨리는 여자의 손과 공포로 인해 거세진 여자의 숨소리.

재오는 피식 웃고는 여자의 입술에 짧게 키스를 했다. 두 눈을 크게 뜰 뿐 여자가 반항을 하지 않자 다시 길게 키스를 하는 재오.

"한 번만 다시 기회를 주지. 목숨값 대신이야."

그때 플랫폼 안으로 사람들이 하나둘씩 들어오기 시작했다. 지하철이 오려는 듯 사람들의 움직임이 분주해지자 재오는 입을 여자의 귀에 대고 속삭였다.

"날 쫓아오지 마. 빠른 시일 안에 내가 찾아갈 테니까."

플랫폼에 들어온 지하철이 출발할 때까지 여자는 멍한 표정으로 재오를 쳐다보고 있었고, 그가 탄 지하철이 움직인 후에야 제자리에 털썩 주저앉았다.

지하철 안에서 여자를 바라보며 미소를 짓던 재오 역시 그녀가 남겨진 서빙고역을 완전히 벗어나 눈에 보이지 않게 되자 빈자리에 털썩 앉았다.

긴장했던 마음이 풀어지자 재오는 안도의 한숨을 길게 내쉬었다.

[너 지금 뭐한 거니?]

"몰라."

[여자란 건 알았던 거냐?]

"여자라서 다행이었지."

그제야 재오의 심장은 쿵당쿵당 빠르게 뛰기 시작했고, 그의 두 다리와 손이 부르르 떨리기 시작했다.

[야! 뭐야? 대체 어떻게 된 거야? 이 납득할 수 없는 상황은 대체 뭐냐고!]

"살기 위한 발버둥. 한 시간 넘게 쫓아만 오기에 나를, 아니, 너를 무서워하는 것이라 생각했고, 일부러 힘을 숨기고 있다는 인상을 주기 위해 '깡'을 부린 것이고, 그곳을 벗어나기 위해 그녀의 감정을 뒤흔들어놓은 것이고…… 하지만 정말 다행인 건 이 모든 '때려 맞춤'이 정확히 들어맞았다는 거지."

[그런 건 어디서 배운 거야?]

"영화, 드라마, 소설, 그리고 기타 등등, 기타 등등."

[이건 인력 낭비야! 야! 세계 정복하자! 너 같은 놈이 우리 세계에 있었으면 벌써 세계 정복하고 남았다!]

"쓸데없는 소리 말고 날 따라왔던 애들은?"

[몰라. 너에게 집중하느라 미처 신경 못 썼어. 워낙 귀신같은 녀석들이라 누가 누군지도 모르겠고. 어쨌든 세계 정복하자!]

"지겨운 놈. 네가 앨빈토플러의 '제3의 물결', 아담스미스의 '국부론'과 토마스 모어의 '유토피아', 공자의 '논어', 묵자의 '묵자'라는 책을 읽고 A4 용지로 3,000쪽의 감상문을 제출해. 그럼 생각해 볼게."

[헉? 그게 뭐야? 치사한 놈!]

재오는 자신을 쫓는 존재를 처음 알았을 때엔 이름 모를 공포감을 느꼈지만, 지금은 아니었다.

이미 여자와의 대결(?)로 체력이 바닥났기 때문에 '이젠 될 대로 되라' 식의 마음까지 들 정도다.

자신과 여자의 상황을 그들이 지켜보았을까. 솔직히 말해 조각에 대한 문제는 문제라고도 생각하지 않고 있었다..

비록 재오 자신의 생명이 위협받긴 했지만 그것을 해결할 수 있는 루시퍼가 곁에 있었기에 그것이 위기감으로 크게 다가오지 않았던 것이다.

게다가 이렇게 빨리 조각을 만날 것이라곤 생각지도 못했다.

하지만 자신을 감시하는—교통사고를 냈던 이름 모를 재벌로 추측되는—그들의 존재는 재오의 인생에 어떤 형태로 다가올지 감이 잡히지 않았다.

특히 루시퍼가 가지고 있는 마법의 힘이 끼어드는 바람에 도저히 예측할 수 없게 되어버린 것이다.

Chapter
05

결론은 마법

재오는 신발 속에 있는 추적 장치는 내버려 두기로 했다.

우선 굳이 자신이 추적당하고 있다는 사실을 그들에게 알릴 필요는 없었고, 아직까지는 그들이 위험하지 않다는 결론을 내린 것이다.

ㄱ 재벌의 목석이 누군지는 모르겠지만, 어쨌든 그 재벌은 입막음으로 10억을 재오에게 줬고, 그 약속(?)을 지키는 한, 재벌은 재오에게 어떠한 해를 끼치지 않을 것이라고 생각했기 때문이다.

뭐, 감시를 해도 몇 개월만 하고 그만두겠지. 게다가 재오가 강민영 변호사에게 말했던 것처럼 그들은 재오게 절대 눈치채지 못할 정도의 능수능란한 움직임을 보였기에 강민영에게 말한 재오의 경고가 어느 정도는 먹혀들었다고 생각했다.

위험한 상황이 온다고 해도 재오의 곁에는 루시퍼란 싸움을 좋아하는 무식하고 강력한 존재가 있으니까.

그래서 재오는 고시원으로 돌아오자마자 조각과 마법에 대한 것을 루시퍼에게 물으려 했다.

하지만 재오가 입을 열기도 전에 루시퍼는 발악을 하기 시작했다.

[여기가 고시원이야? 세상에, 이곳의 사람들은 미친 거 아냐? 어떻게 이런 데서 살 수가 있지?]

"잠시 거쳐 가는 거야. 나도 여기에 오래 있을 생각은 없어."

[내가 아무리 네 몸속에 있다고 하지만 이건 도저히 못 참겠다. 저쪽 세계에서도 이런 좁아터진 곳은 없었어! 이건 뭐 감옥도 아니고. 야! 우리 이사 가자! 너 10억 받았잖아!]

"일단 일부터 끝내고. 그리고 곧 여기 뜰 건데 집이 뭔 필요가 있니?"

[하루를 살아도 제왕답게 살아야지!! 솔직히 그깟 것이 왜 중요한데? 게다가 세계를 정복하면 그깟 여행 같은 거 안 해도 되잖아! 아니, 세계 정복하다 보면 자연스럽게 하게 되는

게 세계 여행이라고!! 아니, 세계 정복만 하면 네가 원하는 건 뭐든지 다 이뤄지는데 지금 이 꼴이 대체 뭐냐고!!]

고시원 작은 침대에 누워 눈을 감았던 재오는 살며시 눈을 뜨며 피식 코웃음을 쳤다.

"그런 녀석이 여긴 왜 왔는데?"

[헉헉… 뭐?]

"너 용사에게 가로막혀 내가 사는 차원으로 떨어진 거라며? 네 말대로 세계를 정복해서 떵떵거리고 살았다면 왜 용사들이 널 막아 이곳으로 보냈냐고."

[아니, 그건…….]

"세계를 정복하면 세상의 모든 사람들이 널 좋아한대? 세계 정복하면 네가 네 스스로 이루는 성취감을 맛볼 수는 있더냐? 세계 정복하면 세상에서 가장 뛰어난 사진작가가 될 수 있냔 말이다!"

[…….]

"제발 쓸데없는 소리는 그만하고 일단 쉬자. 이게 뭐냐고! 내일 당장 가메라 들고 거세도 내려가야 하는데 정작 필요한 카메라는 못 사고!! 아까 그 가게에서 그냥 살 걸 그랬나. 가격도 싸게 해준댔는데."

[…….]

재오는 루시퍼가 잠시라도 조용히 있을 줄 알았다. 하지만······.

[아, 몰라!! 한재오! 어떻게 인간이 이런 좁은 구석에서 살 수가 있냐고! 나가! 나가서 집을 구해 그곳에서 살자고! 내가 아무리 검이라지만 이건 아니라고 본다! 게다가 넌 10억 받았잖냐? 그것도 통장에 동그라미 아홉 개랑 1자 하나! 그러니까 나가서 좋은 집에서 살자고!]

"······."

[인간을 포함한 모든 동물은 저 넓은 들판을 뛰어다니도록 탄생되었다! 인간의 문명이 아무리 발전한다 하더라도 그 본능은 어쩔 수 없는 것이야! 근데 넌 어찌 그 운명을 거스르려고 하느냔 말이다! 텔레비전에 나오는 호화찬란한 집은 아니더라도 사람이 살 만한 집에서는 살아야지! 네가 우주가 만들어지고, 우주가 만든 지구에서 태어난 이상 어떻게 우주가 준 책임과 의무를 거역하려 하는 거야!]

"오케이. 거기까지."

[집 옮기는 거야? 헉, 헉헉헉······.]

재오가 말을 끊자 쉴 새 없이 말한 탓에 숨을 헉헉거리며 기대감에 찬 어조로 루시퍼가 되물었다.

"너 문제 있냐? 무슨 폐쇄공포증 환자 같아."

[폐쇄공포증? 그게 뭔데?]

"이런 좁은 구석을 무서워하는 병."

[무슨 그런 병이 있어?]

"있어. 정신병의 일종이지."

[이 자식이, 누굴 정신병자 취급하네?]

"그건 부끄러워할 필요 없는 거야. 오히려 숨기다가 병이 더 커진다. 솔직히 말해봐. 너 폐쇄공포증이냐?"

[그, 그딴 거 없어! 나를 뭐로 보고……]

"그래? 그럼 여기서 사는 데 아무 지장 없겠네. 조용히 해."

[헉! 한재오! 내가 폐쇄공포증이든 아니든 어쨌든 인간은 드넓은 벌판을……]

이번엔 더 빨리, 그것도 목소리를 벌벌 떨면서 말을 하기 시작하는 루시퍼.

더 이상 못 견디겠는지 재오는 침대에서 벌떡 일어나며 소리쳤다.

"알았어! 알았다고! 무슨 검이 폐쇄공포증이 있냐? 너 그거 분명 폐쇄공포증이야!"

[어, 어쨌는! 다 좋으니까 나가서 집 구하자!]

"구할 테니까, 지금은 좀 쉬자. 응?"

[야, 이 미친 인간아! 어떻게 여기서 잘 수가 있는데?]

"……"

인상을 구기고 한숨을 푹 내쉰 재오는 천천히 다시 말을 이었다.

"현대의 집이란 건 말이야, 예전처럼 아무 데나 짓고 살 수는 없어. 집을 짓는데도 건축 허가를 받아야 하고, 시간이 걸린단 말이야."

[알아. 뭔지 모르지만 그 정도는 안다고. 하지만 만들어져 있는 집이 있을 거 아냐. 거기 가면 되지.]

"네 말이 맞긴 한데, 그것도 시간이 걸려. 그러니까 오늘은 일단 자자고. 적어도 며칠은 집 구하러 돌아다녀야 해."

[으아아아~!]

실성을 했는지 루시퍼는 크게 비명을 지르기 시작했다, 어차피 재오밖에 들을 수 없는 비명 소리였지만.

결국 재오는 고시원을 나와 근처에 있는 공원으로 향했다.

공원에 도착했음에도 불구하고 한 번 시작된 루시퍼의 발악은 쉽게 진정되지를 않았다.

"진정하고, 두 눈 감아!"

[헥, 헥…….]

"자자, 루시퍼. 두 눈을 감고 편하게 생각해. 너는 지금 드넓은 초원에 있다고 생각하라고."

[무슨 드넓은 초원이야? 넓긴 해도 드넓은 초원은 아니잖아? 모래 더미에 애들이 타는 놀이기구밖에 안 보이는데!]

"…그럼 과거에 행복했던 일을 떠올려 봐. 절대 두 눈 뜨지 말고."

[행복했던 기억?]

"뭐. 그런 거 있잖아. 생각할수록 좋은 거."

[음… 그거야 세계를 정복했을 때지. 나랑 계약한 인간들이 나의 힘을 얻어 세계 정복을 해나가는 과정이…….   으흐흐, 세계를 정복했을 때도 괜찮았지만, 정복해 나가는 과정이 제일 생각나는군. 크흑! 나를 무찌르기 위해 세계 도처에서 용사들이 찾아왔지만, 다 내 껌이었지.]

"왠지 그 세계가 불쌍해지는군. 너 같은 놈에게 당하다니. 그런데 너, 용사들에게 깨져서 지구로 떨어졌잖아? 그건 어떻게 된 건데?"

[내가 세계를 정복한 것이 한 번뿐인 줄 아냐?]

"그래? 총 몇 번인데?"

[총 다섯 번. 인간과 했던 계약 중에 성공한 것은 그 정도야.]

"계약할 때마다 세계 정복을 한 건 아니었고?"

[당연히 그랬는데, 각 인간마다 사정이 있으니까.]

"예를 들면?"

[인간이 가진 수명으로 인해 자연사한 인간이 두 명, 정복 과정 중 사고사한 인간이 네 명, 정복 과정 중 용사들에게 죽임을 당한 경우가 일곱 명, 정복 과정 중에 여자들에게 암살

을 당한 경우가 한 명, 정복 과정 중 아랫것들의 반란으로 죽은 인간이 한 명.]

"참, 다양하기도 하구나. 근데, 사고사는 뭐냐?"

[에이, 별걸 다 자세하게 묻네. 한 번은 비와 벼락 치는 날 전투를 벌이다가 번개 맞아 죽었고, 두 번째는 그해 전염병이 돌아서 전염병으로 죽었다. 그리고 세 번째는…….]

"그래, 더 들을 필요 없겠다. 충분히 알겠어."

[아, 그때는 정말 이 모든 세상이 내 것이었는데.]

"정확히는 네 것이 아니라 너랑 계약을 맺은 인간이겠지."

[웃기는 소리! 그놈들 모두 내 강력한 힘을 못 이겨 괴물이 되어버린걸!]

"오호? 괴물? 그건 조각에서만 이뤄지는 게 아닌가 보네?"

[뜨끔.]

긴장을 한 듯 갑자기 침을 꿀꺽 삼키는 루시퍼.

"마검아, 좋은 말로 할 때 말해라, 뭐가 어떻게 되는 건지."

루시퍼는 한참을 발뺌했지만, 끈질기게 달라붙는 재오의 손아귀에서 벗어날 수는 없었다.

결국 모든 것을 실토하는 루시퍼.

[나는 우주가 만들어진 직후에 나타났어. 카오스(Chaos), 혼란과 혼돈의 에너지이지. 우주가 생성될 때 나타나는 순수한 에너지의 결정체가 바로 나야. 나 이후에 나타난 신(神)이

그 힘을 정화시켜 사용했고[Cosmos], 신이 사용한 힘을 인간에게 맞게 규격화시킨 것이 바로 마법이야. 일반적인 마법은 상관없다고 해도 나는 좀 달라. 나는 태초의 우주가 가지고 있던 정제되지 않은 마법의 힘이기 때문에 인간이 사용하기엔 극히 위험하지.]

"……."

별다른 말 없이 잠자코 루시퍼의 말을 듣는 재오. 루시퍼의 말이 이어졌다.

[그런 힘을 인간이 사용할 수 있는 것이 바로 '계약' 때문이야. 그렇기 때문에 같은 마법이라고 해도 인간들이 사용하는 마법보다는 월등히 강하고 그 위력이 뛰어나. 하지만 앞서 말했던 것처럼 나의 힘은 카오스, 혼돈과 혼란, 그리고 어둠의 힘이기 때문에 잘못 사용하면 카오스에 휩말려 정신을 잃게 되는 거야.]

"……."

[…물론 내가 '나'라는 영혼이 없었다면 넌 이미 조각에 의해 괴물이 된 사람처럼 변했을 거야. 그것을 제어하는 게 바로 '나'라는 영혼인데, 내가 있다고 해도 내가 가진 마법의 힘이 너무 강력하다 보니 내 힘을 사용하면 할수록 어둠에 동화되게 돼. 한마디로… 영혼이 내 힘에 동화되어 태초의 힘으로 사라지는 거지. 그건 나도 어쩔 수 없어. 그러니까 말인즉

슨, 나의 힘을 오랫동안 사용하게 되면 인간의 영혼은 완전히 소멸되고 빈껍데기가 돼. 그럼 나는 영혼이 사라진 인간의 몸을 내 것으로 할 수 있게 되고…….]

그제야 지금껏 침묵을 고수하던 재오가 눈살을 살짝 찌푸리며 입을 열었다.

"그럼 난 이 힘을 사용하면 너에게 영혼을 잃는 거냐?"

[아니, 꼭 그런 건 아니고, 너는 힘에 대한 강렬한 욕망이 없잖아. 그러니까… 주화입마라고 생각하면 돼. 더 큰 힘을 원하는 놈은 내 카오스의 힘에 휘말려 영혼 자체를 잃어버리는 것이지.]

"계약 파기하자."

[혁!]

담담한 얼굴로 아무렇지도 않게 해결책을 제시하는 재오. 그의 담담한 반응에 루시퍼는 울상을 짓고 사정을 하기 시작했다.

[한재오, 아니, 재오님, 제발 그것만은…….]

"귀찮아. 파기해. 나에게 피해를 입히지 않는다더니 완죤히 위험한 피해인데?"

[그, 그게 말입니다……. 아무튼 재오님!! 제발요. 실은 나, 파기하는 법을 몰라요. 검의 형태를 취한 후 분명히 계약을 파기하는 방법이 있었는데, 너무 오랜 시간이 지나다 보니 그

건 까먹었단 말이에요! 지금까지 만난 사람 중에 재오님처럼 나를 거부하는 인간은 없었단 말이에요!! 네?!

"싫은데?"

[재오님, 제발요~]

"지금 네 말은 조각을 상대하기 위해선 마법을 배워야 한다는 거잖아. 그런데 마법을 사용할수록 영혼을 잃는다면 그거 배우나마나 아냐? 그런데 나보고 마법을 배우라고?"

[흑흑흑… 재오님, 제가요, 제 명예를 걸고 그런 일은 없도록 할게요. 네?!]

재오는 게슴츠레한 눈을 하고는 곰곰이 생각하기 시작한다.

"이거 똥차 피하려다 똥 밟은 격이군. 불쌍해서 구해줬더니 영혼 소멸이라는 위태위태한 위험이 존재하고. 게다가 계약 파기도 못해? 너 분명 계약할 때 나에게 해가 되면 파기한댔잖아?"

[그땐 제 목숨이 경각에 달렸으니까……. 하지만 아직 재오님에게 해가 되는 건 아니잖아요!!]

재오는 루시퍼가 눈앞에 있으면 분이 풀릴 때까지 때려주고 싶은 충동이 일었다.

어쨌든 생각이 필요한 재오다. 일이 이렇게 된 이상, 마법은 배워야할 것이 분명했다. 하지만 그렇다고 함부로 마법을 배울 수도 없다. 왜냐면 마법을 배웠다간 루시퍼의 말대로 영혼을 잃어버릴 수도 있었기 때문에, 그런데 여기까지 생각하던 재오에게 문득 어떤 의문이 떠올랐다.

"야, 너 병원에서 너 혼자 마법을 사용했었잖아? 그럼 네가 마법을 사용해서 조각들을 제압하면 될 거 아냐?"

[그건 전에도 말했지 않나? 그건 마법이 아냐. 솔직히 말하자면, 원래 나는 내 스스로 마법을 사용할 수 없어. 난 내 힘을 나의 계약자에게 빌려줄 수만 있을 뿐이야. 그런데 차원을 넘어설 때 나를 억제하고 있는 계약의 룰이 깨져선지 여기서는 내 의지대로 마법을 사용할 수가 있더라고. 나도 정확히는 몰라. 그런데 한 가지 확실한 건 내가 사용할 수 있는 마법은 너의 힘과 비례해. 네가 강해져야만 나도 강한 마법을 발휘할 수가 있다고.]

"어쨌든 그 마법을 사용했었잖아? 그건 뭐냐고?"

[이런 무식한 놈 같으니! 그건 마법이 아니라니까. 지구상에 마나가 존재하긴 하지만, 마나 자체가 마법이 되는 건 아냐. 마나는 필히 마력(魔力)이란 에너지로 변환시켜야 해. 마력으로 변환해야만 비로소 마법이 실행되는 거야.]

"머리 아프군. 마나는 뭐고 마력은 뭔데?"

[일단 들어. 여기서 중요한 것은 마나를 모으는 거야. 마나는 우주를 이루는 제일 기본적인 요소야. 지구에도 마나는 있

고, 공기처럼 지구 곳곳에 존재해. 그런 마나를 모은다는 것
은 마나를 움직인다는 거야. 주변에 있는 모래가 보이지? 사
방에 널려 있는 모래를 긁어모아 한곳에 이동시키는 거라고
할 수 있지.]

　공원 놀이터의 바닥에 깔린 모래를 바라보는 재오. 어린이
들을 위한 곳이었지만 어린 아이들은 볼 수 없었고, 그래서
그런지 그곳을 지나가는 사람들도 보이지 않고 있었다.

　땅바닥에 널린 모래가 하늘로 떠올라 재오를 향해 날아와
재오와 일정한 거리를 두고 허공에 떠 있다.

　루시퍼의 말은 계속 이어졌다.

　[마나를 움직이는 기술이 move라는 기술이야. 이건 마나
를 움직이는 기초 기술이기 때문에 마법이라고도 할 수 없어.
그런데 마나를 자유롭게 움직일 수 있게 되면, 어떠한 물체의
주변에 마나를 감싸 그 물체를 움직이게 할 수가 있어. 마법
이나 초능력으로 물체를 움직이는 것과는 달라. 가장 기본적
인 기술이기 때문에 마법을 배우게 되면 move라는 기술은
쉽게 잊으니까. 게다가 아무리 능숙하게 마나를 다루는 인간
이라고 해도 마나로 물체를 감싼 후에 물체를 움직이는 건 힘
들거든.]

　허공에 떠 있는 모래는 재오를 감싸기 시작했고 겹겹이 그
를 덮어 모래더미로 만들었다.

물론 재오가 숨 쉴 구멍은 만들어뒀기에 생존에는 상관없었지만, 그럼에도 재오는 조용히 루시퍼의 말을 경청하고 있었다.

[내가 병원에서 사용한 것이 바로 이 마나를 움직이는 기술이야. 이렇게 마나를 한곳에 모아야만 마력으로 변환시킬 수가 있거든. 공기 중에 널린 마나로는 마력으로 변환시킬 수 없어. 모래가 모아져야 커다란 산을 이루듯, 마나 역시 주변의 마나가 모아져야만 커다란 힘을 갖게 돼.]

"……."

[그리고 병원에서 담배로 육망성을 그렸던 것은 그저 마나를 이용해 '마법진'을 만들었던 거야. 마법진이란 그림이나 글씨 등을 이용해 마력을 손쉽게 사용할 수 있게 하는 거지. 마력이 없거나 마법사가 아니라고 해도 마법진을 그리는 그 시점에서 약간의 마법을 사용할 수가 있어. 물론 마력이 없다면 사용하는 마법은 굉장히 약하지만 말이야. 그러니까 내가 마법을 사용한다고 해도 최소의 마법 수련을 해서 네가 강해져야 한단 말이야.]

"…다 했냐? 좋은 말로 할 때 이거 치워라."

루시퍼의 말에 재오를 둘러싸고 있던 모래가 일순 바닥으로 떨어졌다.

자신을 중심으로 허리까지 솟은 모래 산을 빠져나오며 남아 있는 모래를 터는 재오.

"마법이란 것도 상당히 복잡하군. 무슨 설정을 그렇게 어렵게 했대?"

[그게 사정상 몇 번이나 스토리를 엎고 갈다 보니까…….
근데 누구한테 그런 소리를 하는 거야?]

"너 말고! 있어, 그런 놈!"

[……?]

루시퍼의 말에 한참을 생각하던 재오가 조용히 입을 열었다.

"좋아, 그럼 어떻게 해야 내가 강해지는데?"

[그러니까… 네가 마나를 다룰 줄 알아야 더 큰 마나를 모으고 사용할 수 있는 건데, 마나를 다루기 위해서는 마법을 배워야만 가능하다는 거.]

루시퍼의 말을 들은 재오는 입에 게거품을 물며 소리치기 시작한다.

"결국엔 마법을 배우라는 거잖아, 이 원시인 자식아! 그 소리 하려고 시금까지 아까운 페이지를 몇 장이나 소비했냐!!
아우! 너, 내 몸에서 나와라! 좀 맞자! 응?"

[…….]

어쨌든 결국 재오는 마법을 배우기로 결심했고, 그날부터 재오의 마법 수련이 시작되었다.

재오가 맨 처음 배운 것은 단전호흡이었다.

재오가 마법을 배운다는 결정에 물 만난 물고기처럼 신이 나서 마법을 가르치는 루시퍼.

그 속셈이 무엇인지 짐작할 수 있었으나 일단 배우기로 마음먹은 마당에 그냥 넘어가기로 한 재오였다.

[원래 단전호흡은 우리 세계에서 검을 비롯한 무도를 다루는 무사들이 주로 사용하는 호흡법이야. 마법사 역시 단전호흡을 배우긴 하지만, 1서클의 마법을 수련하는 순간 무사들과는 궤를 달리해. 무사들은 마나를 몸에 담아 기로 변환하여 사용하지만 마법사는 그 자체를 느끼고 모아 거대한 흐름을 만들거든. 그러나 둘의 단전호흡이 하늘과 땅차이라고 하지만 넌 상관없어. 이미 네 몸 안에는 이 몸이라는 거대한 마나원(原)이 담겨 있으니 보통 마법사나 무사들 하는 대로 할 필요가 없어. 그저 마나를 느낄 수만 있으면 쨍한 화려한 봄날의 시작이라 이거야.]

"네가 그 강대한 마나원이라면 네가 직접 마법을 사용하라니까!"

[내가 힘을 직접 사용할 수 있다고 해도 네가 마력이 없다면 말짱 꽝이라고. 그러니까 네가 마력을 다룰 줄 알아야만

그게 가능하다니까. 너를 넘어서는 마력은 난 사용 못 해. 계약의 룰이 깨졌다지만 그것까지는 안 되더라.]

루시퍼는 재오가 단전호흡을 할 때마다 그에게 커다란 마나를 불어 넣어줬는데, 그것이 현재 재오가 사용할 수 있는 마나, 즉 마력이라고 했다.

원래대로라면 그 마력은 마나를 모아 마력으로 과정을 거쳐야만 사용 가능한 것이지만, 강대한 힘(루시퍼)을 가진 재오이기에 별다른 마력의 변환 없이 자유롭게 사용할 수 있다고 한다.

재오가 하루라도 빨리 마나를 느낄 수 있도록 하기 위한 루시퍼의 특단의 조치였던 것인데, 보통의 마법사들은 마나를 '느끼고' '보는' 순간까지 대충—개인차가 있지만—1년의 시간이 걸린다고 한다.

그러니까 마나의 존재를 알고 그것을 능숙하게 다루는 시간까지 1년이라는 소리다.

그리고 마나를 능숙하게 다룰 수 있어야 그때부터 제대로 된 1서클의 마법을 배울 수 있다는 것.

하지만 그러한 방법은 보통의 마법사들의 방법이고, 재오처럼 선택받은 존재에 한해서 수련 방법에 따라 단시간에 1서클의 경지에 이를 수 있다는 것이다.

물론 루시퍼의 말을 잘 따른다면 말이다.

그 다음날, 인터넷으로 주문한 카메라와 카메라 장비가 재오의 고시원으로 도착하기 시작했다.

장비가 모두 도착한 후에도 재오는 단전호흡을 연습했고, 일주일이 지나자 행장을 꾸려 고시원을 나섰다.

그는 등에 메는 가방에 카메라와 렌즈, 그리고 여러 가지 도구(?)들을 넣고는 고시원을 나섰는데, 그 모습을 본 루시퍼가 볼멘소리를 한다.

[대체 그깟 카메라가 무엇이라고.]

"시끄러. 세계 정복보다는 가치 있는 일이야."

오후 늦게 거제도로 향하는 버스에 올라탄 재오는 버스 안에서도 꾸준히 단전호흡을 연습했다.

루시퍼의 말에 의하면, 조각이 서울을 벗어날 확률은 극히 적다고 했는데, 그가 차원의 문을 넘어 이 세계로 떨어질 때 계산했던 각도와 바람의 세기로 보면 조각난 파편은 대한민국의 서울을 벗어나지 못했다는 것이다.

만에 하나 서울 이외의 지역으로 떨어진 조각이 있을 수도 있겠지만, 확률적으로 극히 드문 경우이기 때문에 걱정할 일은 못 된다고 했다.

또한 재오의 터무니없이 비상한 머리와 조금씩 강해지는

마력으로 인해 그런 경우가 생긴다고 해도 그냥 운에 맡기기로 선언에 버린 루시퍼였다.

루시퍼의 말을 들은 재오는 눈을 번뜩이며 곰곰이 생각했다.

'이 자식, 확률을 알려주니 제대로 써먹는군.'

＊　　　＊　　　＊

그들이 거제도에 도착한 것은 그 다음날 새벽, 밤 12시를 가리키는 시곗바늘이 한두 시간·오른쪽으로 넘어갔을 때였다.

그때까지 재오는 버스 안에서 자다 깨다를 반복하며 죽어라 단전호흡을 연습했다.

"단전호흡이라는 게… 그냥 숨 쉬는 걸 연습할 뿐인데도 쉬운 게 아니구나."

[쯧, 어리석긴. 숨만 쉬겠냐? 너의 몸속에 있는 마나를 순환시키고 사연에 있는 마나를 받아늘이는 거라고. 근데 버스라는 게 확실히 말보다는 빠르군. 대체 뭘 찍는다고 여기에 온 거야?]

"자연."

[응? 자연? 설마 숲과 나무들이 있는 것들을 말하는 건 아니

지? 그런 게 뭐 볼 게 있다고.]

"숲과 나무, 바다, 기타 등등. 아무튼, 아니, 오늘 일찍 일어나서 아침 해 뜨는 걸 찍어야 하니까 일단 자러 가자."

[아니, 해 뜨는 건 쓸데없이 왜 찍어?]

그 뒤로도 루시퍼는 마음에 안 든다는 듯 계속 불평불만을 했지만, 재오는 평소 하는 것처럼 루시퍼의 말을 사뿐히 지르밟아 주고는 거제도 터미널 근처에 있는 여관으로 들어갔다.

그리고 그날 아침, 해 뜨기 전에 일어난 재오는 택시를 잡아 타고 어디론가 향했고, 거제도의 어느 구석에 도착해 삼각대를 세워 카메라를 설치하고는 해가 뜨기를 기다렸다.

[쳇, 여기 인간들은 쓸데없는 곳에 시간 낭비하고 있는군. 그거 찍어서 뭐하게?]

"어제부터 되게 말 많네. 모르면 잠자코 보고나 있어. 사진 찍을 때 방해하면 진짜 가만 안 둔다? 당장 서울로 돌아가서 조각에게 내 몸을 맡길 테니까!"

[헉! 안 돼! 그렇게 되면 내가 조각에게 흡수된다고! 이성이 없는 그냥 혼돈의 상태가 된단 말이야!]

"시끄러! 놀라지도 마! 숨도 쉬지 마! 절대 조용!!"

아침 해가 떠오르자 그에 맞춰 재오는 카메라의 셔터를 누르기 시작했고, 태양이 떠올라 바다 뒤 한 뼘 정도의 높이까지 떠오를 때까지 계속 눌러댔다.

촬영을 끝낸 재오는 카메라 후면의 액정으로 사진을 하나씩 살펴보기 시작했는데, 사진들을 볼 때마다 점점 인상을 찌푸렸다.

"에이, 해가 수평선에 걸렸을 때가 딱 좋은데, 수평선에 걸렸을 때 예쁜 사진이 없네. 내일 다시 와야 하나."

[그거 예쁘네, 그거.]

"어떤 거?"

[태양이 배 위에 떠 있는 거.]

"예쁘긴 한데… 에이, 몰라. 썩 마음에 들지는 않아. 일단 내일 다시 와서 한 번 더 찍어보고."

삼각대와 카메라를 챙긴 재오는 어디론가 향해 걸어갔고, 몇 십 분 안 가서 작은 선착장에 도착했다.

거리가 가까웠고 해가 뜨는 것을 찍은 바로 직후였기 때문에 선착장엔 사람은커녕 개미새끼 한 마리도 보이지 않았다.

"일단 배 시간 확인하고……. 그런데 시간이 많이 남네? 배가 움직일 때까지 어디 가서 시간 때워야겠다."

[근데 외도가 뭐야? 거기가 어딘데 거기서 사진을 찍어가지고 오래?]

재오가 황급히 짐을 꾸려 거제도로 내려오긴 했지만, 재오의 일이 그 정도로 여유가 없었던 것은 아니다.

실질적으로 재오가 받은 의뢰는 거제도에 있는 외도의 사진을 찍는 것이 전부였는데, 그 이외에는 며칠 동안 놀 요량으로 거제도로 향했던 것이다.

또한 서울을 벗어난다는 말에 루시퍼 역시 거제도로 향하는 발걸음을 재촉했다.

"잡지사에서 필요하나 봐. 대개는 소속 기자가 직접 현장에 나가 찍든지 아니면 거래처에서 사진을 받아 찍는데, 이번에는 새로운 시각으로 사진을 찍고 싶다고 해서 내가 선택된 거지."

[뭐야, 그건?]

"쯧쯧. 너 있잖아, 내가 충고하는데, 너처럼 그렇게 무식한 머리로 이 세계를 통일하려고 하지 마라. 힘만 믿고 까불다간 그날 바로 사장되니까."

[이 자식이! 내가 뭐가 어때서!]

"좋아, 그럼 1 더하기 1은?"

[당연히 2!]

"오우~ 대단한데? 그럼 345,896 곱하기 46,532는?"

[16,095,232,672!!]

"오우~"

[지구의 기계 과학만 있는 거 아니다~ 마법 역시 과학이라고. 마법 과학! 특히 마나를 잘 다루기 위해선 수학 공식을 빠삭하게 알아야 한다고!]

말은 안 했지만 평소 지구의 기술 과학을 자랑하는 재오에게 지지 않으려 뻐기듯 말하는 루시퍼였다.

뭐, 이런 기회도 드물었다. 워낙 재오가 루시퍼를 원시인 취급하며 말할 틈을 주지 않았으니까. 재오 앞에 한없이 작아지는 루시퍼랄까.

하지만 재오는 곧바로 과목을 바꾸어 다시 문제를 냈다.

"갑자기 바지가 찢어져서 근처에 있는 매장에서 바지를 사야 해. 그런데 새것은 다 팔리고 중고만 있는데, 내게 맞는 중고는 없어. 바지 길이가 짧은 바지와 허리가 무진장 큰 바지만 있더라고. 그럼 어느 것을 사야 할까?"

[둘 다 사면되지!]

"응, 그래. 그러니까 네가 용사에게 얻어맞아서 이곳으로 쫓겨 왔지."

[야!]

불쌍한 루시퍼…….

재오는 외도로 향하는 유람선이 뜨는 시간이 될 때까지 근처의 공원에서 사진을 찍기로 했다.

바로 옆 동네에 있는 공원인데, 대중교통을 이용하면 몇 분이면 되겠지만 시간도 때울 겸 걸어가기로 했다.

해안을 따라 빙 둘러가는 길이었기에 오가는 사람이나 자동차는 거의 눈에 띄지 않은 한적한 도로였다.

사람들의 말에 의하면 30분이면 충분히 걸어갈 수 있다고 했지만, 30분이 넘게 걸었는데도 해안도로는 계속 펼쳐지고 있었다.

[가깝다더니 왜 이리 멀어?]

"시끄럽다. 네가 걷냐? 발도 없는 놈이 이래라저래라 불평하지 마라."

[썩을 놈! 그런데 아까부터 누가 쫓아온다.]

이른 아침이라 그런지 가끔 자동차가 지나가긴 했지만 몇십 분의 간격을 두고 가끔 지나가는 자동차뿐이었다.

해안선을 따라 산등성이에 만들어진 도로였기에 높고 낮음이 있다 하더라도 누군가가 쫓아오는지 한 번에 알아챌 수 있는 도로였다.

게다가 인도가 없는 곳이라 지나치는 자동차를 확인하기 위해 몇 번씩이나 뒤를 돌아보던 재오였다.

재오가 뒤를 돌아봤을 땐, 재오 외엔 걷는 사람이 없었다.

다시 한 번 뒤를 돌아 확인하지만, 여전히 해안도로를 타고 늘어서 있는 관목만 보일 뿐 그를 쫓는 사람은 보이지 않았다.

"날 쫓아오는 거 맞아? 그저 같은 길을 걷고 있는 사람일 수도 있잖아?"

[나도 그런 줄 알았는데, 네가 돌아볼 때마다 나무 뒤로 숨더라. 게다가 너에게서 멀어지거나 너랑 가까워지지도 않는, 정확히 일정한 거리를 유지하고 있어.]

재오는 자신이 신은 신발을 바라보았다. 아직 추적 장치가 그의 신발 속에 있다.

추적 장치가 있음에도 자신을 쫓는 놈들이라니.

"지독하네. 설마 여기까지 쫓아올 줄이야."

피식 웃으며 아무렇지도 않게 말을 내뱉는 재오. 어차피 예상은 하고 있었다.

그의 눈에 보이지 않기에 아닌가 보다 생각했는데 설마 여기까지 쫓아올 줄이야.

지하철 이후로 어느 정도는 예상하고 있었기에 루시퍼의 말에 크게 놀라거나 신상하지는 않았다.

"근데 어떻게 알아, 사람이 쫓아오는지는? 나무 사이에 숨어 따라오고 있거나 계속 미행하고 있는 사람들을 어떻게 알 수 있는 거야? 시야에 전혀 보이지도 않는데."

[마나의 움직임을 이해하면 그 정도는 알 수 있어. 무사들

이 기를 느끼는 것처럼 마법사들은 마나의 움직임을 느껴 파악하는 거지.]

"일반 사람들도 마나가 있나?"

[일반 사람이 아니더라도 이 세상의 모든 것은 각자 고유한 마나를 가지고 있어. 특히 생명체는 무생물보다 그 마나가 활발하게 움직여. 인간은 무생물의 마나는 느끼기 힘들지만, 나는 아니거든. 내가 그 정도로 강력하다는 거야! 근데 이 녀석, 무사냐? 보통 무사나 마법사들은 일반 사람들보다 강한 마나를 가지고 있는데, 이놈은… 보통 사람보다는 많기는 하지만 무사라고 하기엔 많이 약한데? 하지만 특별하기는 해. 에이! 이 별의 무사들을 만나봤어야 무산지 아닌지 확인하지.]

루시퍼의 말에 피식 웃는 재오. 재오가 생각하기엔 루시퍼의 말이 맞을 듯했다.

루시퍼가 살던 세계는 강력한 검과 마법이 난무하던 세계였다.

그의 말에 따르면 지구에 있는 마나는 그가 살던 세계에 비해 터무니없이 부족하다고 했다.

물론 지구의 옛 문헌들을 보면 지구에서도 마법을 사용했을 거라는 가정을 할 수 있었지만, 어쨌거나 지금의 시대는 마법이 사라져 버렸다.

그런 시대에서 일반 사람보다 강한 마나를 가지고 있다면 아무래도 무사가 맞으리라.

게다가 재오를 감시하는 무리는 보통 사람들은 아니었다.

그들이 정부기관의 사람인지 어디의 어떤 사람인지는 모르겠으나 군인에 가까운 사람임이 분명했고, 이 시대의 기준으론 그러한 사람들이 루시퍼가 말하는 '무사(武士)'임에 틀림없으니까.

"확실히 보통 놈들은 아닌 모양이군."

[그래봤자 이 루시퍼님보단 다 약한 놈들이지. 걱정 마. 당장은 조각이 위험하지만, 너도 슬슬 강해지고 있으니 그깟 조각 놈들이야 금방 제압할 수 있어.]

선착장을 출발한 지 한 시간쯤이 지나자 해안도로의 끄트머리에 있는 작은 공원이 눈에 보였다.

공원의 이름은 장미공원. 터미널에서 가져온 관광지도에는 그 장미공원이 유람선이 있는 동네와 그 옆 동네의 중간 정도에 위치한 것으로 나와 있었는데, 막상 가보니 옆 동네의 바로 옆에 위치하고 있었다.

애초 시간을 때우려 해안도로를 따라 걸어온 재오지만, 막상 걷는 시간이 오래 걸리자 괜히 걸었다는 후회감이 들기 시작했다.

"쳇, 이럴 줄 알았으면 버스를 탈 걸."

해가 하늘 위에 제대로 박힌 오전이라고 하지만 역시 아침이라 그런지 공원엔 개미새끼 한 마리 없었다.

장미공원과 장미공원 바로 옆에 붙어 있는 조각공원까지 모두 찍은 재오는 공원의 끝, 산길로 이어진 길을 따라 바다와 맞닿아 있는 양지암으로 나아갔다.

해안도로를 따라왔다지만 그 해안도로는 바다와 맞닿아 있다가 내륙으로 방향을 바꾼다.

장미공원은 해안도로가 내륙으로 뻗어 있는 산속에 위치하고 있기에 이곳에서 바다와 맞닿은 양지암으로 가기 위해선 다시 숲길을 따라 한참 바다를 향해 나아가야 했다.

양지암에는 무슨 등대가 있다고 공원 안내 표시판에 쓰여 있었는데, 위치나 이름을 봐도 사람들이 많이 찾는 곳은 아닌 것 같았다.

오로지 사진에 담겠다는 생각으로 발걸음을 옮기는 재오.

목적 없는―루시퍼가 생각할 때―재오의 발걸음에 불만이 가득한 루시퍼의 불평이 이어졌지만, 항상 그랬던 것처럼 사뿐히 지르밟아 주고…….

산길의 끝, 절벽 벼랑에 홀로 세워진 하얀 등대에 도착한 재오의 카메라에 다시금 찰칵 소리가 울려 퍼졌다.

[뭐야, 이런 볼품없는 데를 오려고 한 시간이나 넘게 걸어 이곳에 온 거야? 등대는 내가 살던 세계에도 있었단 말이야.]

"니들 세계에도 등대가 있었냐?"

[우리 세계에도 대륙 간의 왕래가 있었고, 고기 잡는 배가 있었으니까. 이처럼 높은 제단에 불을 피워 길을 잃지 않도록 했다고.]

"오호~ 하긴, 지구에서도 등대의 역사는 오래되었으니까. 아무튼 가까이 있는 것은 소중함을 모른다는 소리가 있다. 그래서 이 한 장의 사진이 더욱 값진 것이지."

[뭔 소리래?]

역시 루시퍼의 말은 사뿐히 지르밟아 주는 게 좋아.

등대 사진에 열중하던 재오는 문득 무언가가 떠올라 루시퍼에게 물었다.

"너 혹시 말이야, 나 쫓아오는 놈 움직이지 못하게 잡을 수 있냐?"

[안 돼. 너무 멀어. 지금 너의 마력으로는 저놈과 싸워서 간신히 이길 정도야.]

"아깐 이길 수 있다며?"

[마력의 양만 따진다면. 하지만 무사들이 무서운 것은 마력의 양이 아니라 그 마력을 자유자재로 사용한다는 거지. 적은 양으로 다채로운 변형 능력을 보이는 것은 무사들의 장점이자 가장 무서운 점이야.]

재오는 더 이상 묻지 않았다. 결국 이길 가능성은 없다는 거네.

군말없이 등대 사진을 몇 장 찍은 재오는 해가 하늘의 가장 높은 곳까지 솟아오르자 다시 천천히 등대에서 걸어나와 공원 옆에 있는 작은 해안도시를 향해 걸어갔다.

[야, 너 풍경 사진 전문이라며? 사진 찍는다는 것이 이렇게 재미없는 거냐?]

"뭐 그렇지."

[쳇. 대체 이런 일을 왜 하냐? 지금까지 하는 거라곤 걷고, 찍고, 걸으면서 찍고. 이게 무슨 의미가 있다는 거야?]

"걷고 찍는 건 좋은 결과를 위한 과정일 뿐이다. 나중에 나온 사진을 보고 그런 소릴 해. 아니다. 너는 보는 눈도 없으니 나중에 사진을 보더라도 헛소리할 게 뻔하군."

[그 카메라 액정으로 다 확인했으면서 뭘. 내가 보기엔 그게 그거던데.]

"작게 보는 거랑 크게 보는 건 달라. 그리고 가끔 재미있는 경험을 하기도 한다. 매번 이런 건 아냐."

[흥. 재미있긴 뭘…….]

산길을 따라 해안도시에 도착한 재오는 그곳에 있는 작은
식당으로 들어섰다.

일어나자마자 일출을 찍기 위해 근처 편의점에서 빵과 우
유로 때웠기에 사실상 그날의 첫 아침 식사였다.

Chapter
06

동행, 굴러 들어 온 복덩이

　재오가 식사를 주문하고 기다리고 있는데, 한 청년이 식당 안으로 들어와 재오의 건너편 자리에 앉았다.

　"사장님, 여기 해장국 하나요!"

　30대 전후로 보이는 청년은 재오와 같이 카메라를 들고 있었는데, 재오의 카메라를 보더니 누이 휘둥그레지며 말을 걸어왔다.

　"와, 카메라, 무진장 좋은 거네요? 니콘 최상급 모델 D4. 사진작가들 사이에서도 보기 힘든 물건인데……. 혹시 작가세요?"

"아직은요. 하지만 프리랜서 생활 하고 있어요."

"오, 프리랜서 생활을 하는데 D4라니. 작가들도 대개 5D를 사용하던데."

"스튜디오 작업하시는 분들이 5D나 캐논 제품을 많이 사용하죠. 저는 한 달 전까지는 펜탁스를 사용하는 가난한 프리랜서였어요. 의외의 행운이 생겨 어제부터 사용하기 시작한 거예요."

[오우! 역시 비싸다 했더니 좋은 거구나?]

청년은 아예 재오의 자리로 옮겨와 수다를 떨기 시작했다.

"어때요? D4, 좋긴 좋은가요? 좋다는 소문은 있는데 가격대가 허덜덜해서."

"저도 천천히 알아나가고 있는 중입니다. 하지만 카메라가 좋다고 좋은 사진이 나오겠어요. 실력이 좋아야지."

"와우~ 왠지 범접할 수 없는 포스가 느껴지네요. 어디 한 번 구경 좀 해도 될까요?"

말없이 카메라를 청년에게 건네주는 재오. 청년은 재오의 카메라를 작동시켜 보고는 이내 관심을 돌려 그가 찍은 사진들을 보기 시작했다.

카메라의 액정에 나타난 사진을 한 장 한 장 넘길 때마다 조금씩 날카로워지는 그의 눈. 마지막 사진까지 다 본 그는 재오를 바라보며 놀람의 표정을 지었다.

"실력 운운할 만한데요? 한 장 한 장의 사진이 색다르네요."

"혹시 작가신가요?"

청년의 말에 재오의 눈 역시 날카로워지며 되물었다. 그제야 청년은 허허 웃으며 부끄러운 듯 머리를 긁적였다.

"사진 직종에서 일하긴 하지만, 작가는 아니에요."

"제가 실력 운운을 할 정도는 아니지만, 보는 눈은 예사롭지 않으시네요."

"하는 일이 사진에 관련된 일이다 보니까요."

"작가 칭호를 가진 사람들에 비해선 터무니없는 실력이죠."

"음……."

청년은 잠시 무언가를 깊게 생각하는 듯했는데, 그 표정을 본 재오는 피식 웃으며 입을 열었다.

어차피 사진작가 김현보 형님에게 누누이 듣는 이야기니까.

"저도 알아요. 대중적인 시각에서 볼 수 없는 사진들이 간간이 찍혀 있다는 거. 하지만 가끔 그런 시각으로 바라보는 것도 좋은 점이 있죠."

"아, 절대 그런 의미가 아닙니다. 오히려 전 그런 사진들이 더 좋더군요. 구도가 참 좋아요. 때론 날카롭고 이해하긴 힘든 구도들이 있긴 했지만 오히려 저는 신선했어요. 그렇게 찍을 수도 있구나 하고. 근데 대개 작가들의 사진을 보면 작가가 바라보는 주제가 대충 보이고는 하는데, 이 사진들은 한마디로 정의할 수가 없네요."

[대체 뭔 소리를 하고 있는 거야?]

재오와 청년의 대화를 듣고 있던 루시퍼가 볼멘소리를 냈다.

하지만 루시퍼의 목소리는 오직 재오만이 들을 수 있는 것이기에 청년의 말은 계속 이어졌다. 그리고 재오 역시 루시퍼의 말을 사뿐히 지르밟는다.

"성함이 어떻게 되시죠?"

"저는 한재오라고 합니다. 그러시는……?"

"아, 저는 이세준입니다."

자신을 이세준이라 소개한 청년은 주머니를 뒤적이는 듯하더니 갑자기 생각난 듯 이마를 툭 치며 탄식을 내뿜었다.

"아, 명함을 놓고 왔군요. 저는 서울에서 제법 유명한 사진 잡지사에 다니고 있습니다. 'The Camera' 라고, 사진 업계 쪽에선 제법 유명한 곳이죠."

제법 유명한 곳이 아니다. 사진과 관련된 일을 하고 있는 사람은 절대적으로 봐야 한다는, 사진 쪽에서는 최고의 권위를 자랑하고 있는 사진 잡지였다.

만약 어떤 사람이 더 카메라의 공모전—어떠한 공모전이든 더 카메라에서 주최하는—에 뽑혀 그 잡지에 실리기만 하면 그때부터 그 사람은 작가와 동등한 취급을 받을 정도이니까.

"더 카메라요? 거기서 일하신다고요?"

"편집장입니다. 원랜 다른 분야의 잡지사에서 일하고 있다가 '더 카메라'의 편집장을 맡게 되었죠. 사진 계통의 일은 처음이라 아직은 초보라고 할 수 있죠."

"초보의 눈은 절대 아니군요. 말하시는 것으로 보아 사진에 대해선 무외한은 아닐 것 같은데요?"

"하하, 평소 저도 사진이 취미고, 사진 잡지의 편집장을 하려면 사진에 대해선 어느 정도는 알아야 하니까요."

그때 그들이 주문했던 아침 식사가 나왔다.

일단 배를 채우기 위해 식사를 하며 대화를 이어나갔다.

"어쨌든 아직 작가가 되지 않았다는 것이 참 신기하군요. 한재오 씨 실력이면 어느 정도는 먹혀줄 것 같은데 말이죠."

"무슨 일이든 쉬운 건 없죠. 실력도 실력이시만 인맥도 승요하니까. 저 역시 사진을 찍기 시작한 지 몇 년밖에 안 되었으니 작가들의 경력이나 실력에 비하면 햇병아리 수준이죠."

이해한다는 듯 고개를 끄덕이는 세준.

"프리랜서라고요? 주로 어떤 일을 하시나요?"

"풍경이요. 사진을 원하는 업체나 사람들을 상대로 사진을 찍어주죠. 아직은 인지도가 낮아서 아는 작가 형님을 통해 일을 하고 있어요."

"아는 작가님이시라면 누구……?"

"김현보 작가님이라고."

"아, 김현보님! 모델을 전문적으로 찍으시는 그분? 모델 사진 찍는 분이 풍경 사진과 관련된 일을……?"

"그 형님 발이 좀 넓어요. 후훗."

[풍경이나 인물이나 그게 그거지.]

사진을 크게 두 가지로 나눈다면, 풍경과 모델(인물) 사진으로 나눌 수 있다.

그중 재오의 전문 분야는 풍경이었는데, 처음 카메라를 시작한 이래로 줄곧 풍경을 찍었던 재오였다.

앞서 말했듯이, 그의 계획은 세계를 돌아다니며 사진을 찍는 것이었기에 풍경 사진에 적합했지만 절대 인물 사진을 등한시한 것은 아니었다.

하지만 상대적으로 인물사진이 부족한 것은 사실이었던 것.

대신 재오는 서바이벌 전문가에 가까운 능력을 소유하고 있었다.

이 이야기는 후에 나올 테니 지금은 생략하기로 하고.

밥을 먹던 세준은 무언가 곰곰이 생각하는 듯하더니 조심스럽게 입을 연다.

"아무리 풍경 전문이라도 해도 인물도 제대로 찍어야 할 텐데요?"

"글쎄, 못 찍는 건 아니지만, 확실히 풍경보다는 부족한 감이 없지 않아 있죠. 하지만 지금부터 시작이니까 급할 건 없죠."

"하긴… 그럼 저랑 같이 일해 볼래요?"

[야, 너 세계 여행 간다며?]

시끄러운 자식.

…이라고 생각하는 재오.

"제가 그 잡지사에서 일할 수만 있다면 더없는 영광이죠. 제가 할 수 있는 일이라면 당연히."

물끄러미 세준을 바라보는 재오. 물론 잔뜩 기대를 하는 표정이었다.

"제가 더 카메라의 편집장을 맡으면서 새로운 프로젝트를 기획하고 있는데, 그게 국내 여행 사진을 찍는 것이거든요."

"여행지 사진이요? 특별한 기획은 아니네요. 다른 잡지에서도 하고 있고, 여행 전문 잡지도 있잖아요."

"그렇게 당연한 거라면 계획을 세우지도 않았겠죠. 제 계획은 흔하지만 다른 거, 아니, 특별한 것을 찍으려는 생각입니다."

"특별한 것? 그게 뭔데요?"

"솔직히 말하면, 아직 그걸 정하지 못했어요. 그런데 재오 씨의 사진을 보니 무엇을 찍어야 할지 대략 감이 잡혔어요."

그때 아침 식사를 모두 끝마쳤기에 재오와 세준은 식당을 나와 외도로 향하는 선착장으로 향했다.

세준은 자신이 기획한 프로젝트를 구상하기 위해 휴가 겸 출사를 왔던 것인데, 자신의 프로젝트와 재오와의 협력(?)안을 의논하기 위해 재오와 동행하기로 했다.

하지만 세준은 사교성이 워낙(?) 좋은 사람이라 이것저것을 물으며 말하기 시작했고, 이야기는 금세 프로젝트에서 벗어나 개개인의 일상사나 전혀 다른 이야기를 하게 되었다.

그렇게 재오와 세준은 쓸데없는 이야기를 하며 선착장으로 향했다.

선착장에서 외도를 향하는 배를 탄 그들은 유람선의 가이드가 해주는 설명을 듣기 위해 그들의 대화를 잠시 중단했다.

가이드가 주변의 경관에 대해서 구구절절 설명을 해줄 때, 기회를 포착한 루시퍼가 다시 볼멘소리로 푸념을 늘어놓았다.

[윽! 어지러워. 나에게 몸이 있었으면 토할 거 같아.]

"피식. 몸도 없는 주제에 폐쇄공포증에 뱃멀미라니. 그러고 보니 너, 눈은 있냐?"

[시끄러워. 네가 보는 건 다 볼 수 있어.]

"그래? 그럼 감시하는 사람들을 알아내는 건? 나는 그 마나라는 걸 느끼지 못하는데 내 몸속에 있는 넌 어떻게 아는 거야?"

[네가 생각하는 것을 내가 모르듯이, 내가 공유할 수 있는 건 눈과 네가 느끼는 아픔뿐이야. 그리고 네가 사용할 수 있는 마나의 용량!! 그 이외에는 나는 너에게 독립된 생명체라고.]

"아, 그렇군. 이 기생충 같은 놈."

[울컥! 기생충이라니! 아, 소리칠 기운도 없다. 눈이 핑 돌아.]

"참, 나 쫓아오는 사람은 어떻게 되었냐? 걔네들도 배에 탔어?"

[응? 몰라. 사라졌는데?]

"응? 사라져? 언제부터?"

[꽤 됐어. 네가 세준이란 놈과 만나서 동행했을 때부터.]

"뭐야? 또 감시하는 사람이 바뀐 건가?"

[몰라. 그놈들 행동은 예측이 불가능하니까. 특히 사람이 많은 곳에선 정말 누가 누군지 모르겠다. 일반인보다 마나가

강하다고 해도 결국 거기서 거기니까. 신경 쓰지 않는다면 모른다고.]

"……."

아직 재오의 신발 속에 있을 것으로 추정되는 추적 장치는 제거하지 않은 상태였다.

뭐가 어찌 되었든 자신에게 아무런 해를 끼치지 않았던 사람들이므로 굳이 추적 장치를 제거할 필요는 없다고 생각했기 때문이다. 그래서 그런지 정말 속을 알 수 없는 녀석들이야.

유람선이 외도에 도착했다.

처음 세준은 재오를 쫓아다니며 같이 사진을 찍어댔다.

"아이, 진짜 너무 희뿌옇다."

옆에서 사진을 찍던 세준이 자신이 찍은 사진, 그러니까 카메라 액정에 나타난 사진을 보며 볼멘소리를 한다.

"태양을 정면으로 찍으면 당연히 그렇죠. 이럴 땐 노출을 낮춰야죠."

"네?"

노출이란, 사진이 밝고 어둡게 나오는 것을 조정하는 것이다. 카메라를 잘 보면 필수적으로 '노출 보정 버튼'이라는 것이 존재하는데 플러스, 마이너스 등의 숫자 값으로 표시된다. 0으로 표시될 때가 적정 노출이다.

세준이 찍은 사진은 희뿌옇게 나와 있었는데, 강렬한 태양빛을 바로 마주 보고 찍었기 때문이다.

재오가 세준의 카메라를 빼앗아 들고 노출을 조정하는 법을 알려줬다. 그의 카메라는 캐논사에서 만든 5D mark 2였다.

"P모드(자동)를 사용하시네? 그럼 노출 보정 버튼 누르고, 노출을 ―로 낮추시면 돼요."

"하하, 보는 것과 찍는 것은 확연히 다르더라고요. 그런데 얼마큼 낮춰야 하는데요? 계속 사진이 희뿌옇게 나오는데요?"

다시 한 번 재오가 세준의 카메라를 살펴보았다.

"노출을 변하게 했으니까 그렇죠."

"……?"

"카메라 기종에 따라 다르긴 한데, 카메라 설정에 들어가면 노출을 고정시킬지 움직이게 할지 하는 항목이 있을 거예요. 쉽게 말하면 카메라를 움직일 때 셔터 값과 조리개 값이 변하는 거랑 카메라를 움직여도 셔터 값과 조리개 값이 변하지 않는 차이죠."

"난 노출 값이 변하는 게 익숙한데……."

"대개 카메라를 처음 살 때 변하게 설정되어 있으니까요. 거의 그럴 거예요. 그게 나쁘다는 게 아니라, 역광처럼 심하게 노출이 변하는 환경에선 노출을 필히 고정시켜야 한다는 거죠. 거기 노출 고정 버튼 있잖아요."

"그거 사용해도 그런데요? 노출 고정을 해도 너무 밝게 나와요."

세준의 말에 다시 그의 카메라로 몇 장의 사진을 찍어보았다.

그러자 세준처럼 희뿌연 사진과 제대로 된 밝기의 사진이 나타났다.

"어두운 사물을 보고 노출을 고정했나요?"

"예? 아마 그럴 걸요?"

"어디를 보고 노출 고정을 하느냐에 따라 다르게 나옵니다."

"아, 그렇구나. 어떤지 역광에서는 매번 이러더라."

재오에게 카메라 조정법을 알게 된 세준은 혼자 자신을 찍기 시작했고, 그렇게 떨어져 한참을 각자의 작업을 하는 중이었다.

입이 귀에 걸린 표정으로 재오의 이름을 부르며 그를 찾아온 세준.

"재오 씨! 한참을 찾았네. 사진은 다 찍었어요?"

그때 막 사진 촬영을 끝낸 재오는 삼각대를 걷는 중이었다.

"아직이요. 몇 장 찍긴 찍었는데 맘에 드는 게 없네요."

"오늘은 우선 여기까지만 찍죠."

"네?"

세준이 한 말의 의미를 이해하지 못한 재오가 그를 멀뚱히 쳐다보았다.

그런데 세준의 뒤에 서 있는 예쁘장한 아가씨 두 명. 여자들은 새침한 표정으로 재오를 쳐다보고 있었는데, 그제야 세준이 한 말의 의미가 뭔지를 이해한 재오였다.

"피식."

"괜찮죠? 오늘은 일찍 시내로 나가서 술 한잔합시다."

재오는 시계를 바라보았다. 오후 3시. 지금 외도를 나간다 해도 술을 마시기엔 너무 이르다.

"술을 마시기엔 너무 이르지 않나요?"

"에이, 왜 이러시나. 이미 일찍 마시고 저녁땐 각자의 길을 가야죠. 밤은 항상 짧답니다."

음흉하게 웃는 세준의 모습에 다시 피식 웃는 재오다.

'재주도 좋아.'

재오가 처음 사진작가의 길을 선택할 때 그는 당분간 여자를 사귀지 않겠다고 다짐한 바 있다.

그가 처음 사진에 대해서 배우게 된 건 서른 살이 넘어서였다.

원래는 공대를 졸업해 산업 계통의 일을 했지만, 사진을 배우고 취미생활을 하던 중에 뒤늦게 사진의 매력을 느껴 사진작가의 길을 선언했던 것이다.

그리고 사진작가의 길을 선언하면서 성공할 때까지는 여자를 멀리하겠다고 마음먹었던 것.

게다가 남자들이 재오 같은 상황일 때 색안경을 끼고 바라보는 여자들이 많았기에 그런 여자들을 일일이 상대하기 싫었던 것이다.

한마디로 '귀찮아. 그깟 여자들 성공해서 사귀면 되지 뭐'.

어쨌든 재오가 세준처럼 음흉한 생각을 한 것은 아니지만, 일단 뭐 놀자는데……. 어차피 사진 의뢰 기한은 여유롭게 남아 있었고, 빨리 외도 사진을 마치고 거제도를 돌아다니며 자신만의 사진을 찍을 계획이었기에 일단은 세준의 계획에 동참하기로 했다.

게다가 이번 일로 인해 작가로서 새로운 지평을 열 수도 있는 절호의 기회가 될 수도 있었기에.

거제 시내로 돌아가자마자 세준은 비싸 보이는 술집에 들어가 커다란 룸을 잡았다.

자연스레 짝을 이뤄 술을 마시기 시작했지만, 화기애애한 세준의 파트너와는 다르게 재오의 그의 파트너 사이에서는 약간의 난기류가 흘렀다.

자신의 남자가 맘에 안 든다는 듯 연신 뽀로통한 표정은 짓고 있는 재오의 파트너. 재오가 그녀의 기분을 맞춰주려 했지만 여자는 시큰둥한 행동으로 일관하고 있다.

[쯧쯧. 그러기에 평소에 옷 좀 잘 입지. 모르는 내가 봐도 네 옷보단 세준이란 놈의 옷이 비싸 보인다.]

"응? 무슨 소리야?"

갑작스런 루시퍼의 말에 재오는 전화를 받는 척하면서 되물었다.

[내가 지구에 대해선 잘 모르지만, 네가 입고 있는 옷보다는 세준이 입고 있는 옷이 더 고급스럽게 보여. 한마디로 귀족 같아.]

확실히 그랬다. 같은 옷이라지만 세준이 입고 있는 옷이 더 비싸고 좋았다.

메이커의 차이일 뿐 품질만 따지면 크게 문제 있는 것은 아니지만, 어떤 메이커를 입느냐에 따라 그 사람에 대한 평가가 이뤄지곤 했으니까. 루시퍼마저 세준이 입은 옷과의 차이를 느낄 수 있었으니 이 세계에 사는 사람이야 말 다 했다.

재오 역시 그러한 사실을 모르는 것은 아니었다. 하지만 여자에 관심이 없었고, 사진의 세계로 발을 들인 이후로는 여자에 대한 관심이 더욱 없어져서 그냥 편하게 입고 생활하던 재오였다.

그리고 기본적으로 재오는 세준처럼 꾸미는 성격은 아니었다.

뭐 변명으로 들릴 수도 있겠지만 말이다.

"근데, 저기 저분은 나이가 어떻게 되세요?"

"아, 저는 서른다섯입니다."

세준의 파트너가 한 질문이다. 그녀도 자신의 친구와 재오와의 사이에 난기류가 흐른다는 것을 느낀 듯 화제를 재오에게 돌렸다.

그저 화제를 돌리려던 것일 뿐이었는데…….

"재오 씨… 서른다섯이에요?"

"어머, 오빠도 모르고 있었던 거야? 같이 일하는 사람이라며?"

"어? 엉. 그렇지. 그런데 최근에 만난 거거든. 나는 나보다 어릴 줄 알았는데 저보다 연배시네요?"

대한민국은 나이가 깡패인 나라다. 한국의 역사에서 언제부터 나이를 따지기 시작했는지 모르지만, 여하튼 일단 나이가 많은 사람이 먹어주는 사회. 나쁘다는 건 아니지만 대한민국이 그렇다는 것이다.

여하튼 재오의 대답에 그곳에 앉아 있던 모두가 놀란 표정을 지었다.

재오는 루시퍼의 힘으로 열 살이나 어린 동안의 모습을 갖게 되었던 것인데, 지금껏 세준은 젊은 재오의 모습만 보고 자신보다 어리거니 생각했던 것이다.

"오빠 정말 서른다섯 살이에요? 거짓말하면 엄청!"

"필요하다면 주민등록증 보여드릴까요?"

"어쩐지 말하는 투가 너무 어른스럽더라니⋯⋯."

"오빠, 부럽다! 나도 저런 동안이었으면 좋겠는데!"

"흥! 가진 거 없으면 얼굴이라도 젊어 보여야지."

"⋯⋯."

놀라움과 부러움이 오고 가는 가운데 분위기를 깨는 나직한 여자의 목소리. 그것은 재오 파트너의 혼잣말이었다, 혼잣말이라고 하기엔 조금 큰 게 문제였지만.

참고로 여자들은 스물여덟 살, 세준은 서른 살이다.

잠시 동안 긴 정적이 이어졌다.

세준과 세준의 파트너―그녀의 이름은 '최미영'이었다. 재오의 파트너는 '이민경'이고―는 안절부절못하고 있었고, 미영은 민경에게 눈치를 줬지만, 민경은 미영의 눈치를 콧방귀로 날려 버렸다. 그러다 어색한 정적을 깨는 재오의 목소리.

"세준 씨, '레드메이드' 상표를 좋아하시나 보네요?"

"아, 네. 즐겨 입는 브랜드이긴 하죠. 신사복에선 알아주는 브랜드니까요."

세준은 자신이 입고 있는 캐주얼 셔츠의 상표를 똑바로 보이게 하며 대답했다.

"혹시 아시나요? 레드메이드, 기성복만 파는 건 아니라는 거요."

"네? 거기 기성복 전문 매장인데요?"

"VIP 고객에 한해서 해주는 건데, 거기 점장에게 말하면 손으로 직접 만든 양복을 만들어주곤 해요. 기성복이 맞질 않거나 성격이 특별한 손님들을 위해서 해주는 건데, 가격이 일반 양복의 두 배는 되죠. 세준 씨를 보니 충분히 그럴 만한 가치가 있는데, 아직 모르는가 보네요. 입고 있는 바지, 레드메이드의 최상급 옷이긴 하나 수작업으로 만든 양장에 비해선 옷맵시가 살짝 죽는군요. 원단 자체가 수제로 만든 것이 훨씬 좋아요."

"어!"

전혀 몰랐다는 듯 세준이 눈을 동그랗게 뜬다.

"어, 나 거기 VIP 고객인데!"

"말을 해야 돼요. 뭐랄까, 숨겨진 특별함이랄까? 같은 VIP 고객이라고 그것을 아느냐 모르느냐에 따라서 VIP 대접이 다르죠. 손으로 만든 양장은 정말 VIP 중에서도 신사라고 생각되는 사람들에게만 특별히 제공되는 거니까. VVIP랄까요? 정중하지만 단호하게 말하셔야 해요."

"그런 게 있었구나. 근데 재오 씨는 어떻게 그걸 알아요? 혹시 VVIP?"

"글쎄요."

"어쩐지, 어쩐지!! 괜히 천만 원짜리 D4 카메라를 들고 다니는 게 아니었어! 이거 완전 엄친아인데요?"

세준의 질문에 웃음으로 때워 버리는 재오.

카메라에 대해서 모르는 사람들은 카메라가 다 거기서 거기인 줄 안다. 어쩔 수 없다. 그 일에 전문가가 아닌 이상 보통 사람의 눈에는 흔하지 않는 것에 대해선 다 똑같이 보이니까.

현재 재오의 D4는 그 등급의 카메라 중 최고가의 가격이었다. 물론 그보다 더 비싼 카메라가 없는 건 아니었지만 말이다.

그리고 그건 그 자리에 있는 미영과 민경도 마찬가지였다. 세준과 재오의 대화에 그제야 화들짝 놀라 옷매무세를 점검하는 민경이었나. 하시만 이미 떠나 버린 버스.

여하튼 세준은 연신 감탄과 놀람의 탄식을 내뱉었고, 재오는 그런 세준을 바라보다 시계를 힐끔 쳐다보고는 자리에서 일어났다.

"저는 먼저 일어날게요. 할 일이 있어서. 대신 1차 술값은 제가 낼게요. 부디 즐겁게 놀고 오시길."

재오는 계산서를 들고 룸을 나섰다. 그러자 부리나케 일어
나 재오를 따라 나오는 재오의 파트너 민경과 세준.

"재, 재오 씨, 조금만 더 있다 가요. 아직 우리 프로젝트에
대해서도 말 못했는데……."

"일단 즐겁게 노시고요, 그 이야기는 다음에 하기로 하죠.
기회가 이번만 있는 건 아니니까. 내일 연락 주세요."

세준의 만류를 뿌리치고 되돌아서려는데, 이번엔 민경이
재오를 붙잡았다.

"오, 오빠, 조금 더 있다 가세요. 갑자기 할 일이 무엇인
데……."

"글쎄. 하지만 너랑 술 마시는 것보다는 가치있는 일이야."

재오의 파트너는 순식간에 얼굴이 벌게졌고 재오는 그녀
에게 썩소를 날려주고는 그대로 뒤돌아 가게를 나왔다. 뒤돌
아 나오는 재오의 뒤로 민경을 나무라는 세준과 미영의 목소
리가 들려왔다.

[야, 그 레드메이든가 뭔가 특별한 손님에게만 만들어준다
는 수제 양장, 그거 진짜야? 고시원에 사는 놈이 그걸 어떻게
알아?]

"당연히 뻥이지. 네 말대로 고시원에 사는 놈이 그런 걸 어
떻게 알아?"

[그럼 일부러 그런 거야? 오~ 성깔 있는데? 근데 그냥 잘 달래서 한 번 자고 말지, 왜 나온 거냐? 그 소리에 민경이란 여자가 삐 갔잖아.]

"내가 사양한다. 난 너처럼 한순간의 쾌락을 위해 살지는 않아."

[까다로운 놈. 그래봤자 흔하디흔한 여자일 텐데.]

"이놈이 여자로 이 세계를 살아봐야 하는데. 흠!"

처음부터 이른 시간에 술집에 들어갔던 터라 해는 아직도 중천에 떠 있었다.

*　　　*　　　*

근처의 여관을 잡은 재오는 자신이 찍은 사진을 확인하고는 단전호흡을 수련하기 시작했다. 단전호흡을 하기 전, 그가 푼 짐을 보고는 혀를 내두르는 루시퍼.

[진짜 많네. 무슨 잡동사니가 이렇게 많아?]

"응? 어떤 거?"

[카메라 빼고 전부. 대체 무엇에 쓰는 것이냐?]

재오가 서울을 떠날 때는 너무 급하게 짐을 꾸렸기에 조용히 그것을 지켜보고 있었던 루시퍼다.

"음… 이건 나침반, 이건 휴대용 칼, 이건 '파이어 스타터',

이건 '변환 어댑터', 이건 비상용 노끈, 이건 카메라 충전기, 그리고 이건……"

그 외에도 자잘한 서바이벌 도구들이 재오의 가방에서 한 아름 딸려 나왔다.

파이어 스타터란, 비상시에 불을 만들어내는 도구로서 야생에서 생활할 때는 기본적으로 갖춰야할 장비였다.

거기에 변환 어댑터는 서바이벌 도구는 아니지만, 각기 다른 세계 여러 나라의 전기 코드를 사용할 수 있도록 해주는 것으로 디지털카메라를 이용하는 재오에겐 필수품이라 할 수 있었다.

[그만, 그만! 대체 이것들은 뭐야? 사진 출사라며 이런 게 왜 필요해? 자잘하긴 해도 이것들 무게가 장난 아닐 텐데 이게 다 가방 속에 있었단 말이야? 게다가 세계 여행이라며 이런 것들이 왜 필요하냐?]

"계획을 세우며 여행 시 필요한 것들을 하나씩 고르는 중이었거든. 나중에 이 배낭 하나만 들고 돌아다닐 생각이기에 정말 필요한 것들은 이 가방 속에 다 들어가야 해. 그러다 보니 이렇게 됐네. 아직 모든 준비가 다 된 건 아니야. 장비도 고려해야 하고, 경유해야 할 국가의 경로도 고려해야 하니까."

[…뭐, 좋아. 그렇다고 해. 근데 칼, 노끈, 수통에 창이 긴 여행용 모자……. 너 뭐 오지 여행 가냐? 모자도 안 쓰는 놈이

여행용 모자는 왜 매달고 다녀?]

"웬만하면 개발이 덜 된 국가도 다녀볼 생각이거든."

재오가 휴대용 칼―작은 칼과 함께 가위, 톱, 기타 등등이 달려 있는―을 만지작거리며 대답을 하자 재오의 칼에 대해서 유독 많은 질문을 쏟아내는 루시퍼였다. 칼에 대한 궁금증이 풀리자 볼멘소리를 냈다.

[너 무슨 레인저냐? 그건 아무리 봐도 레인저용 특수 공구 같은데?]

"레인저가 아니더라도 이 정도의 공구는 다 사용한단다. 그리고 대한민국의 남자들은 모두 군사 훈련을 받아. 내가 특별할 건 없다는 소리야."

[대한민국에 있는 남자들은 다 너 같냐?]

볼멘소리로 묻는 루시퍼의 말에 피식 웃는 재오. 재오가 대답을 하지 않자 루시퍼는 다시 질린 목소리로 투덜거렸다.

[내가 여기서 배운 여행이란 단어랑은 절대 안 어울리는 것 같다. 내가 보기엔 넌 탐험하러 가는 사람 같아. 오지 탐험! 그런 너석이 왜 세준이 밀한 일에는 관심을 가진 건데?]

"지금 내가 내셔널 지오그래픽에 명함을 내밀 수 있을 것 같아? 그것도 작가야만 가능한 거지."

루시퍼는 병원을 퇴원하기 전 지원하고의 대화중에 내셔널 지오그래픽이 나왔다는 것을 기억해 냈다.

[대체 내셔널 지오그래픽이 대체 뭐냐?]

"그거? 사진작가의 꿈과 세계 여행… 아니, 네 말대로 오지 탐험이라는 두 가지 꿈을 동시에 실현시켜 줄 세계 기구이다."

[아오, 빡쳐. 대체 뭔 소리를 하는지……. 그냥 확 세계 정복해 버리지!]

질린 듯 혀를 차는 루시퍼.

재오는 그의 말에 피식 웃고는 단전호흡을 연습하기 시작했다.

보통의 마법사라면 마나를 느끼는 데 일 년의 시간이 걸린다고 했지만, 루시퍼는 그가 단전호흡을 할 때마다 강대한 마나를 불어넣어 주었기에 재오는 비교적 마나라는 것을 손쉽게 느낄 수 있었다.

그리고 앉아서만 단전호흡을 한 것이 아니라, 걷고 사진을 찍는 내내 틈이 날 때마다 단전호흡을 연습했기에 루시퍼가 예상했던 이상으로 성취도가 높았다.

"확실히 움직일 때 하는 단전호흡이 더 힘들어."

[나도 움직이면서 단전호흡을 할 줄은 몰랐다. 생각해 보면 움직이면서 숨 쉬는 게 당연한 건데 왜 지금껏 움직이면서 단전호흡을 할 생각을 못했지?]

"그게 바로 '형식의 틀'이라는 거다. 고정관념에 사로잡혀 버리면 아주 쉬운 것도 쉽게 생각할 수가 없는 거지."

[쳇, 잘난 척은. 솔직히 마법적인 재능은 떨어지는데 비범한 것은 인정해야겠군. 넌 우리 세계에서 태어났으면 제왕(帝王) 감이다.]

마법 이외의 것에는 무식한 면이 많지만 그래도 솔직한 루시퍼.

막돼먹었지만 그나마 인간미가 있는 놈이라고 재오는 생각했다.

"어쨌든 조금은 알 수 있을 것 같아. 그 마나라는 것이 무엇인지."

[네가 그걸 확실히 느끼고 조절할 수 있어야 돼. 마법의 시작은 마나를 잡고, 움켜쥐고, 그것을 움직일 줄 알아야 할 수 있는 거니까.]

"에이, 귀찮아. 그런 건 네가 좀 알아서 하지."

[흑흑, 한재오~ 나도 그러고 싶다고. 그런데 내가 네 몸속에 있는 이상, 그것이 계약인데 어쩌겠어!!]

그래도 루시퍼가 다룰 수 있는 마나의 양이 나날이 커져가기에 그나마 다행이라 했다.

여하튼 그날의 수련을 마치고 잠을 청한 재오.

Chapter
07

새디스트 재오 씨

그 다음날, 재오는 새벽에 다시 해 뜨는 것을 촬영하러 갔고, 그 전날과 동일한 곳을 걸으며 시간을 보냈다.

[뭐냐. 왜 어제랑 똑같은 길을 걷고 똑같은 걸 찍는데? 사진 촬영이라는 게 원래 이래?]

"이제 찍은 것들이 맘에 들지 않아서. 난공불락의 요새를 꾸준히 공격하는 거랑 똑같은 거야."

[하긴, 생각해 보니 그러네? 아니지. 그래도 세계 정복은 쓸모가 있지만 사진이라는 것은 쓸모가 없잖아!]

전날과 똑같은 코스를 밟고 외도로 향한 재오가 그곳에서 한참을 찍고 있을 때, 세준에게서 전화가 왔다.

"재오 씨, 어디에요?"

"외도입니다."

"거길 혼자 가셨어요?"

"하하! 어떻게 즐거운 밤 보냈나요?"

"아, 저야 뭐……. 아무튼 기다려요. 지금 갈게요."

"네? 오실 필요까지는……."

딸칵.

재오의 말을 듣지도 않고 전화를 끊어버린 세준. 재오는 싱거운 감이 없지 않아 있었지만, 아직까지는 그의 맘에 드는 사진이 나오질 않았기에 신경 쓰지 않고 계속 사진 촬영을 한다.

"참, 그러고 보니 날 쫓는 사람은 어떻게 됐어?"

[웅? 아, 그놈들? 글쎄, 어제부터 널 쫓는 움직임은 없는데?]

"날 쫓는 움직임이 없다? 그럴 리가. 첫날은 쫓았는데 둘째 날은 날 쫓지 않는다는 게 말이 돼? 서울에서 거제도까지 쫓아올 정도인데."

[몰라. 내가 일일이 한국 사람들의 마나를 외울 수는 없잖아. 그것도 봤던 놈이니까 알 수 있었던 거지 처음 보는 사람들의 마나를 내가 어떻게 알아?]

세준이 외도로 온 것은 그로부터 몇 시간이 지나서였다. 그 사이 부단히 노력(?)한 재오는 드디어 그의 마음에 드는 사진을 찍을 수 있었고, 장비를 챙겨 뭍으로 나가려는 찰나 외도에 도착한 세준이 재오에게 다가왔다. 그런데 외도로 온 것은 세준뿐만이 아니었다.

멀찌감치 떨어져 세준과 재오를 멀뚱히 바라보고 있는 미영과 민경.

특히 민경은 초조한 눈빛으로―그리고 기대에 찬―재오를 바라보고 있었는데, 세준이 황급히 재오를 외도 선착장 구석으로 잡아끌었다.

"재오 씨, 어제, 민경이 때문에 일찍 간 거죠?"

"네."

"음⋯⋯."

거침없이 웃으며 대답하는 재오를 보고는 약간은 기가 질린 세준이다. 하지만 세준은 허허 웃음으로 풀어버리며 말을 이었다.

"기분 풀어요. 민경이도 어제는 너무 심했다며 사과하러 왔으니까."

"굳이 사과할 할 필요는 없는데. 어차피 사람 취향이니까요. 나 역시 된장녀는 싫으니까."

"아니, 참 재오 씨도. 어차피 오래갈 사이 아닌데 왜 그리

뻣뻣해요? 그냥 대충 만났다가 헤어지면 되지."

[거봐, 거봐! 얘도 그러잖아! 이 자식, 맘에 드네!]

앙금이 남아 있는 듯 불쑥 끼어드는 루시퍼.

"아무튼 서로 화해하는 거예요?"

세준은 재빨리 몸을 돌려 민경이란 여자를 불렀고, 민경은 쪼르르 세준과 재오에게 달려왔다.

그러자 세준은 둘만 남겨놓고는 미영과 함께 자리를 떴다.

"재오 오빠."

"왜?"

"어젠 미안."

"미안할 것까지야. 걱정하지 마. 그런 것에 기분 안 상하니까."

[에이, 정말? 많이 상한 거 같은데? 남자가 쩨쩨하게.]

"정말 기분 안 상했어?"

미안하다고 말은 했지만 정말 미안한 표정은 아니다. 그저 술집의 대화로 인해 재오가 봉(?)이라는 것을 알았고, 그 봉을 놓칠까 봐 조마조마했을 뿐이니까.

"그럼, 당연히 괜찮지. 나도 된장녀는 좋아하지 않으니까."

"아니, 누가 된장녀라고……."

민경은 된장녀란 말에 순간 이성을 잃을 뻔했지만, 재빠르게 표정을 관리하기 시작했다.

새침한 표정으로 말을 이어나가는 민경이었다.

"솔직히 오빠는 세준 오빠에 비해 초라했잖아. 아무리 그래도 그렇지, 초면에 그건 예의가 아니지."

"그래서?"

"네?"

"그래서 어쩌라고?"

재오는 신경 쓰지 않는다는 듯 카메라를 들고 민경의 사진을 한두 장 찍었다.

재오의 냉담한 반응에 자신이 또 실수했나 하고 민경은 생각했지만 이내 아무렇지도 않게 말했다.

"그러니까 잘해보자는 거지. 어제의 불미스러운 일은 잊고."

"그래, 그러자고. 포즈 좀 취해봐라. 사진발은 잘 받는 것 같네."

"정, 정말? 나 사진이랑 안 친한데. 하지만 내가 한 몸매 하지!"

재오의 요구에 따라 포즈를 취하는 민경. 재오는 사진을 찍으면서 은근슬쩍 진실을 말하기 시작했다.

"그런데 어제 네가 본 것이 맞아. 내가 가진 것 중 제일 비싼 게 이 카메라거든. 어제 세준 씨가 한 소리는 그냥 지가 혼자서 생각한 거고."

"뭐?"

[야! 너 10억 있잖아, 10억! 다 된 밥에 재 뿌리냐?]

민경은 심각히 고민하는 표정을 지었는데, 그것은 재오의 말을 의심하는 것이 아니었다. '또 내가 실수했나? 이 남자 되게 뻣뻣하네' 하고 고민하는 것이었다.

"오빠도 참, 진짜 보기보다 되게 옹졸하다? 어젠 내가 미안했다고 해도 그러네?"

"글쎄, 진짜라니까."

"오빠도 참. 사진이나 찍어. 응? 참, 나 사진 찍는 법 좀 가르쳐 줘. 그거 뭐라더라? 배경이 흐리게 나오는 거, 그거 어떻게 하는 거야?"

하면서 핸드백에서 카메라를 꺼내는 민경. 단단히 준비를 해가지고 온 모양이다.

그런데 그녀가 꺼낸 카메라는 작은 디지털카메라. 재오나 세준이 사용하는 DSLR 카메라보다 훨씬 작은 카메라였다.

이건 뭐 미러리스 카메라도 아니고…… 보통 사람들은 모를 테지만 전문적으로 사진을 다루고 촬영하는 사람으로서는 대략 난감할 수밖에 없는 상황이다.

"이걸로 배경을 흐리게 해달라고?"

"사람 찍으면 배경 흐리게 나오는 거 있잖아. 왜, 안 돼? 남들은 다들 하던데?"

"하긴 하지. 하긴, 핸드폰 카메라보다는 낫겠지."

"응?"

"어쨌든 거기 설정 들어가면 꽃 모양 있을 거야."

"응? 있어, 있어!"

디지털카메라를 작동하고 찾아보던 민경이 찾았다는 듯 호들갑을 떤다.

"근데 이거 뭐야? 꽃 사진 찍을 때 사용하라던데, 이건 왜?"

"모든 전자제품은 설명서 3회 정독!"

"귀찮아. 암튼 그래서 뭐?"

"배경이 흐리게 나오는 건 아웃포커싱이라고 한다. 원래는 '아웃 오브 포커스(Out of focus)'인데, 일본 발음에 영향을 받아 아웃포커싱이라 하는 거야."

"응, 그래서?"

그런 건 안중에도 없다. 본론만 말하라는 거다.

"꽃 사진 표시는 근접 촬영이 가능하다는 거다. 전문 용어는 접사."

"아씨, 그냥 쉽게 해! 배경 흐리게 하고 가까이 촬영! 오케이?"

"아무튼 꽃 모양 모드를 하면 최대한 카메라를 사물에 가깝게 들이댈 수 있지. 최대한 사물을 카메라를 들이대서 대상에 초점을 맞추고 찍으라고."

"사람 찍을 때는 필요 없잖아? 얼마까지 들이대야 하는데?"

작은 디지털카메라를 재오의 얼굴 바로 앞까지 들이대는 민경.

"근데 이 정도면 사람 코밖에 나오지 않는데?"

"사람 찍으려면 얼굴이 나올 정도로 적당히 들이대서 초점 맞춰. 사람의 눈에다 초점을 맞춰라."

"눈? 거기 찍으면 되나?"

"아니, 눈이 제대로 나와야 예쁘거든."

"음. 그건 쓸 만하네."

그리고 몇 장 찍어보는 민경.

"오! 된다, 돼! 최대한 가까이 찍으니까 아까보다는 배경이 흐리게 나오는데? 더 흐리게 하는 방법은 없어?"

"더 흐리게 하고 싶으면 꽃 모양 골라서 사람 얼굴만 나오게 찍으라고. 몸이 나오게 찍으니까 그렇지. 솔직히 꽃 모양이 없어도 되지만 그나마 나을 거야. 내봐 봐."

민경은 재오의 상반신까지 사진에 나오도록 촬영했던 것인데, 재오는 민경의 어깨선까지만 사진에 나오도록 찍었다.

"오오! 사진작가 맞구나!"

"너는 사진 찍는 데 소질이 없나 보다. 그냥 모델이나 해라."

재오는 민경을 향해 셔터를 눌러댔고, 민경은 구시렁거리며 자신의 디지털카메라를 핸드백 속에 집어넣었다.

그리고 재오의 요구대로 포즈를 잡기 시작하는 민경이었다.

외도를 배경으로 인물 사진을 찍은 재오는 한참 후 세준 일행과 만나 외도를 나왔고, 외도를 나오자마자 거제도 이곳저곳 들러 모델 사진을 찍기 시작했다.

세준은 이번에도 술 한잔하자며 재오를 꼬드겼지만, 재오는 민경과 함께 인물 사진을 찍는다며 따로 행동할 것을 선언했다.

재오가 민경을 데리고 간 곳은 바로 그 등대가 있는 공원. 그것도 한 시간이나 걸려 걸어서 왔다.

높은 하이힐을 신고 불평불만을 해댄 민경이었지만 재오는 실실 웃기만 할 뿐 걷기를 재촉했고, 그 공원에서 메모리카드가 바닥이 날 정도의 사진을 찍고는 숙소로 되돌아왔다.

그들이 헤어질 때 민경은 지친 표정이 역력했지만 애써 웃음을 지어 보였다.

민경과 헤어진 후, 거제 시내의 여관에 숙소를 정한 재오. 하나의 숙소를 정해놓고 돌아다니자고 루시퍼가 말했지만, 재오는 세계 여행을 하게 되면 그날그날 다른 곳의 숙소를 정하게 되기 때문에 적응 훈련을 하는 것이라며 대답하고는 지금껏 계속 숙소를 바꿔가며 머무는 중이었다.

아무튼 그가 짐을 풀자 루시퍼가 말했다.

[너 일부러 그랬지? 너 생각보다 옹졸하다?]

"뭐 어때. 이 세상은 바라는 것을 쉽게 얻지 못한다는 것을 알 때도 됐지."

[그건 뭔 소리야?]

"기생충 짓도 봐가면서 해야 한다는 소리지. 안 그래, 기생충?"

[야! 너 그건 진짜 심한 말 아니냐! 내가 왜 기생충이야?]

"아, 미안~"

정말 화가 났는지 한참을 씩씩거리는 루시퍼.

심한 말을 했다고 느낀 재오는 그 이후에도 여러 번 루시퍼에게 사과를 하긴 했지만, 루시퍼는 한참 동안이나 재오에게 말을 걸지 않았다.

어쩔 수 없이 혼자 단전호흡을 연습하고 있는데, 한참이 지난 후에야 마나가 재오의 몸속에 공급되기 시작했다.(단전호흡을 할 때면 항상 루시퍼가 재오에게 마나를 불어넣어 줬다.)

루시퍼는 삐쳐 있던 화가 풀리자 재오의 단전호흡을 돕기 위해 뒤늦게 마나를 불어넣었던 것인데, 그 순간 재오는 깜짝 놀라 단전호흡을 멈추고 말았다.

루시퍼가 마나 공급을 멈추었던 그 짧은 시간이 도움이 된 듯, 재오는 그 순간에 마나의 존재를 확실히 깨달았던 것이다.

"어!"

[뭐야? 갑자기 무슨 일이야? 강대한 마나가 들어가는데 그렇게 갑작스럽게 호흡을 멈추면 주화입마에 걸린다고!!]

루시퍼는 황급히 재오의 몸에 흩어지는 마나를 수습하면서 재오에게 소리를 질렀다.

"마, 마나? 이게 마나야?"

[뭐야? 확실하게 마나의 실체를 느낀 건가?]

"그런 거 같아. 마나라는 게… 어떻게 생겨먹은 건지."

[크하하하하핫! 너 천재구나? 솔직히 너를 가르치면서도 이 지구에 존재하는 마나의 양이 극히 적다 보니 과연 네가 마나라는 것을 깨달을 수 있을까 걱정했는데! 뭐, 널 가르친 루퍼 님의 능력이 워낙 뛰어난 이유도 있겠지만! 크하하하하핫!]

마나를 제대로 느끼게 되자 단전호흡 훈련은 더욱더 가속이 붙게 되었다.

무사들을 기준으로 할 때, 마나—무사들의 용어로는 마나를 기라고 하는데, 결국은 같은 뜻이라고 했다—무사들은 마나를 모아 몸속에 축적시키고 그것을 순환시켜 더욱더 강대한 마나로 만든다고 한다.

마법사의 단전호흡은 일반적으로 마나를 모으는 것까지는 같다고 한다. 하지만 마법사들은 모은 마나를 몸속으로 축적하는 것이 아니라 모아진 마나를 그 즉시 마력으로 변환시키는데, 마력은 마법을 움직이는 원동력이 된다.

즉, 마나는 석유라 할 수 있고, 마력은 마나를 가공해서 만든 휘발유, 마법은 그 휘발유로 작동하는 자동차라고 할 수 있는 것이다.(이는 순전히 재오식 대입법으로 루시퍼의 설명을 지구의 지식에 맞게 해석한 것이다. 재오가 기술 과학을 신봉하는 이유가 있는데 그는 원래 공대 출신이다.)

그리고 마나에서 마력으로, 마력에서 마법으로 변환하는 데에는 일정의 시간이 필요하다.

제아무리 뛰어난 마법사라고 해도 마나를 마력, 마력에서 마법으로 변화시키는 시간을 무시할 수는 없다.

마법사의 등급이 1서클─혹은 클래스─에서 9서클까지 나눠지는데, 서클이 높을수록 강한 마법이며, 강한 마법일수록 변환시키는 시간이 길어진다고 한다. 물론 마법의 종류마다 다르긴 하나 여하튼 마법이 발동되기까지의 시간을 '주문을 외우는' 시간이라 한다.

그러니까 마법사들이 괜히 주문을 외우는 게 아니라는 거. 하지만 재오는 그런 마법사들과는 상황이 완전히 다르다는 것이다.

[그딴 거 필요 없다. 넌 그냥 마법 이름만 말하면 돼! 원래 마법은 아주 긴 주문 시간이 필요하다. 예를 들자면, 3서클 마법인 '파이어 볼'의 경우, '활활 타오르는 불의 기운을 담아 시전자의 이름으로 명한다. 불타올라라, 파이어볼~'이라는 긴 주문이 필요하거든. 근데 그 주문이라는 게 마나를 조합하는 과정이 길다 보니 마법사들이 임의로 만든 거고, 파이어볼 마법을 능숙하게 다룰 수 있는 사람이라면 그깟 주문은 안 외워도 돼. 중요한 건 주문이 아니라 주문에 걸리는 시간이거든. 근데 너는? 그딴 거 다~ 필요 없다! 주문 이름만 말하면 그에 맞는 마력을 대줄 테니까!]

"그러니까 일반 마법사들은 공장에서 물건을 생산해서 가게에 물건을 파는 거고, 너는 그냥 자판기에서 물건이 나온다는 거로군."

[응? 자판기? 몰라. 암튼, 하지만 네가 아무리 그런 특혜를 지녔다고 해도 네 몸이 마법을 감당해 낼 수 없으면 무용지물이지. 1리터 물통에 1.8리터의 물을 담을 수 없듯이, 마력 또한 그래. 아니, 물통이라면 나머지 0.8리터의 물을 그저 쏟아 버리면 끝나는 문제지만, 마력은 잘못하면 죽을 수도 있단 말이야. 그래서 무사들이 내공 수련을 잘못하면 주화입마에 빠진다. 그것보다 훨~씬 큰 마력을 대하는 마법사들은 짤 없

이 끽이야, 끽!]

재오가 마나를 느끼게 된 이후, 그의 몸이 마나를 받아들이는 속도가 전보다 더욱 빠르게 진행되었다.

루시퍼는 조금씩 마나를 증가시켜 재오의 몸속에 주입시켰고, 재오는 쉬지 않고 단전호흡—이미 마나를 느끼는 시점부터 단전호흡이라고는 할 수 없었지만—을 해 마나를 받아들이는 양을 넓혀가고 있었던 것이다.

즉 재오는 1리터 물통에서 1.8리터의 물통으로 몸을 바꾸고 있었고, 그 다음날 태양이 하늘 높이 떠오르게 되자 완전한 1.8리터의 물통으로 바꿀 수 있었다.

다시 말하자면 재오가 평범한 사람과는 다르게 마나를 받아들일 수 있는 몸이 되었다는 의미이며 1.8리터, 아니 1서클의 경지에 다다랐다는 것을 의미했다.

[독한 놈. 아무리 내가 도왔다고 하지만 2주일 만에 1서클의 경지에 이르다니. 그것도 요 며칠은 잠도 자지 않고 계속 날을 새어가며 단전호흡을 연습했잖아?]

"쉴 수 없도록 밤새도록 마나를 돌린 게 누군데?"

누구 말대로 날밤을 간 강행군으로 지친 몸을 침대에 눕혀 쉬려고 할 때 재오의 핸드폰 벨이 울렸다. 민경이었다. 시간은 낮 12가 미처 못 된 오전.

"어쩐 일이냐, 네가?"

"어디야? 설마 혼자 돌아다니고 있는 거야?"

"이제 슬슬 돌아다니려고."

"그래? 잘됐네. 같이 놀자. 나 지금 거제 시내야."

속으로 혀를 차는 재오다.

'어제의 고난(?)이 뼛속 깊게 느껴지지 않았나 보지? 그래, 인정한다. 된장녀라지만 목적의식이 투철한 된장녀구나?'

재오는 그냥 전화를 끊을까 하다가 생각을 바꿔 민경과 오늘 하루 놀아주기로 했다.

아니, 그저 **평소**에 하는 대로 민경과 사진을 찍으러 다니기로 했다.

정말 평소라고 하면 거짓말이고, 가끔 오지 탐험(?)을 위한 연습(?)으로 지도상의 가까운 거리를—지도상이라고 해도 실제로 걸으면 몇 시간 이상 걸린다—를 걸어서 이동하곤 했는데, 그것을 민경과 같이할 생각인 것이다.

'음, 이럴 줄 알았으면 플래시를 좋은 것으로 가져올 걸 그랬네. 인물 사진은 플래시의 성능에 따라 달라지는데.'

풍경 사진에서는 태양을 대신할 만한 조명은 존재할 수 없기에 태양을 최대한 활용하는 것이 풍경 사진의 기본이다.

가끔 플래시가 필요하긴 해도, 적당한 짠밥에 이르면 플래시 없이도 자연스러운 사진을 얻는 경지에 이르기 때문에 재오는 플래시를 자주 이용하는 편은 아니었다. 꽃이나 나무,

사물을 찍는 것도 풍경 사진에 들어간다. 그런 것들을 찍을 때, 상황이나 환경에 따라 플래시를 쓰기도 한다.

하지만 풍경을 찍을 때 플래시를 사용하는 건 전적으로 작가 취향이다.

사진에 대해 설명하자면 책 한 권의 분량으로도 부족하니까 사진과 플래시에 대한 설명은 이쯤 하기로 하고, 간단한 정리를 하자면 **플래시는 필수**라는 말할 수 있었다.

어쨌든 한 시간 후 재오는 거제 시내에서 민경을 만났다.

"재오 오빠~!"

"음?"

첫날 민경이 입었던 옷은 서울 시내에서 볼 수 있는 화려한 옷차림이었다.

여자들 멋 내는 것은 남자들의 센스에 비해 타의 추종을 불허하므로 옷 입는 감각이 떨어지는 재오가 논할 바는 아니었다.

다만 전날처럼 화려하면서도 간편한 옷차림이라고 말할 수 있었는데, 재오가 주목한 건 옷차림이 아닌, 그녀가 신고 있는 신발이었다.

어제 신은 하이힐이 아닌 운동화.

재오는 세계여행을 하면서 되도록이면 도보를 이용한 여행을 하려고 했고, 그랬기에 가끔 먼 거리를 걸어 다니며 사진을 찍어댔던 것이다.

그런 그가 가장 중요하게 생각한 것은 신발이었는데, 걸어다니기 위해서는 무엇보다 신발이 편해야 했다. 그래서 재오는 신발만큼은 비싼 등산화를 구입했던 것인데…….

화려하게 꾸미기를 좋아하는 여자들이 등산화나 발이 편한 등산화 위주의 신발을 신을 리 만무했다. 더욱이 민경처럼 편한 여행을 온 여자라면, 운동화를 가지고 왔을 리도 없고. 적어도 재오는 그렇게 생각했던 것인데, 신발이 하이힐에서 운동화로 바뀌어 있으니 의외라는 생각을 했다.

그리고 여자들은 신발에 집착하는 경향이 있었기에, 신발에 따라 옷차림이 변하곤 했다. 여자들의 패션에 신발이 끼치는 영향은 대단한 것인데, 하이힐에서 운동화로 신발이 바뀌었음에도 불구하고 민경이는 신발과 잘 어울리는 옷차림을 하고 있었던 것이다. 그러한 민경의 모습에 재오는 대단한 센스라고 속으로 감탄을 한다.

"오빠오빠오빠!! 대체 지금까지 뭐했던 거야? 미영이는 세준 오빠랑 사진 씩는다고 아침부터 나갔단 말이야."

"안 들어온 게 아니라 나갔다고?"

"밤늦게 들어오기는 했지. 그런데 그건 걔네들 사정이니까 신경 쓰지 말라고. 왜, 부러워? 나는 밤새도록 오빠랑 놀아줄 수 있는데."

"오늘 다녀보고 밤새도록 놀 수 있다면 놀아줄게. 근데 너, 신발이 바뀌었다?"

"오빠 쫓아다니기엔 하이힐이 불편해서. 요 앞 시장에서 싸게 샀어."

하며 씨익 웃는 민경. 아무래도 작정을 하고 나온 모양이었다.

어쨌든 민경은 재오가 한 '밤새도록 놀 수 있다면 놀아줄게' 라는 말이 자신에게 넘어오는 소리인 줄 안 모양이었다. 속으로 민경은 만세삼창을 하며 쾌재를 불렀고, 오늘에야말로 재오를 자신의 것으로 구워 삼겠다는 의지를 불태웠다.

그런 민경을 데리고 시내버스에 올라탄 재오. 재오는 근처의 유명한 관광지에 내려 민경과 관광지를 거닐며 사진을 찍기 시작했다. 운동화까지 구입하며 당당한 의지를 보였던 민경이었다.

"어깨 펴, 어깨. 어깨 펴면 자연스럽게 몸매가 살아난다. S라인 만들려고 다이어트를 하는 것보다는 어깨를 펴고 다니는 게 훨씬 효과적이야."

"아무튼 잔소리는."

"그리고 말이야, 이건 개인적인 부탁인데 제발 팔자걸음으로 다니지 말아줄래? 그렇게 멋을 냈는데 팔자걸음이면 영~ 어울리지 않거든?"

"아우 씨! 안 걸을게. 팔자걸음으로 안 걸으면 되잖아!"

[하긴 팔자걸음은 내가 보기에도 영 그렇다.]

재오의 주문에 짜증을 내려다 금세 호호 웃는 민경. 하지만 재오의 요구는 계속되었다.

민경은 재오를 만나고 오늘에야말로 재오를 자신의 것으로 구워 삼겠다는 의지를 불태웠지만, 그녀의 생각은 두 번째 관광지를 찾아가는 그 순간부터 잘못되었다는 것을 깨달았다.

"오빠, 우리 언제까지 걸어가야 해?"

"응? 조금만 걸으면 돼. 좋잖아? 어차피 서울에서는 걸을 곳이 마땅치 않으니까."

"그래도 일부러 걸으려고 여기까지 오는 사람은 없어!"

"설마 그럴 리가. 외국에 있는 어느 순례 길을 걷기 위해 비행기 타고 날아다니는 사람들도 있는데."

"그런 데가 어딨어!"

"있어. 얘가 안 믿네. 그럼 제주도 올레길은? 거긴 한국 사람들도 많이 가지만 외국 사람들도 많이 와. 제수도 갈 때도 비행기 타고 가잖아?"

"제주도에 올레길만 있나! 나는 거기 가서 렌트해 다녔어!"

[음. 대꾸를 해도 뭘 알아야 대꾸를 할 수 있구나!]

첫 번째 관광지에서 사진을 찍은 재오는 두 번째 관광지가 그리 멀지 않다고 도보로의 이동을 권유했고, 걸으면서도 계속 민경에게 포즈를 요구하며 사진을 찍어댔다.

그래, 솔직히 두 번째 관광지까지 걸어가는 건 버틸 만했다. 하지만 두 번째 관광지에서도 사진을 찍고, 세 번째 관광지도 걸어가면서 포즈를 요구하는 재오로 인해 세 번째에서 네 번째 관광지로 갈 때에는 이미 녹다운되기 일보 직전이었다.

"헉헉, 언제까지 걸어야 하는 거야?"

"좋았어. 그거야, 그거! 힘이 빠지니까 확실히 자연스러운 모습이 나오는구나!"

민경이 도로 갓길 아무 데나 주저앉자 임자 만났다는 듯 카메라를 들이대 찍어대는 재오.

그 모습을 보자 왠지 신경질 나는 민경.

"설마 그거 때문에 날 이렇게 고생시킨 건 아니겠지?"

"당연하지. 내가 뭐 새디스트(Sadist)도 아니고."

"새디스트? 그건 뭐야?"

"남에게 고통을 주는 걸 즐기는 사람."

"새디스트다!!"

[새디스트다!!]

"……."

정말 새디스트의 결정체를 뭔지를 보여줄까 하다가 그냥

관두기로 마음먹은 재오.

'그러다 진짜 새디스트라는 소리 들을라.'

여하튼 민경이 불굴의 의지를 다지며 운동화를 구입했다고 하지만, 그 체력이 어디 가는 것은 재오야 지금까지 계속 걸어 다니면서 풍경 사진을 찍어댔으니 논외라고 해도.

네 번째 관광지에 도착했을 땐, 해가 떨어져 깜깜해졌음에도 재오는 플래시를 터뜨리며 신나게 사진만 찍어댔다.

민경이 불평불만을 해대면 각종 미사여구와 민경 찬양으로 그의 마음을 어르고 달래 결국 재오의 의도대로 사진을 찍게 되는 민경이었다.

"너, 밤에 찍는 사진이야말로 최고의 아름다움을 뽑아낼 수가 있는 거다. 생각을 해봐. 날이 환하면 다 보여. 그런데 날이 어두우면 네가 보이고 싶지 않은 부분을 가릴 수가 있거든."

"나 가릴 데 없는데?"

"글쎄. 꼭 네가 있다는 게 아니라, 보통 여자들이 가지고 있는 똥배라든지 주름살, 그리고 얼굴에 있는 삽니 같은 설 어느 정도는 숨길 수 있다는 거지. 아니, 정확히 말하면 숨기는 게 아니라 예쁘게 미화해서 보여줄 수가 있다는 말이야."

"흠흠… 정말? 그럼 앞으로 밤에만 사진 찍어야겠다."

"그건 아니고, 낮에 찍는 사진과 밤에 찍는 사진은 또 다르니까."

"아~ 그렇구나."

그러다 재오가 찍은 사진을 보고는 민경이 의아하다는 표정으로 물었다.

"음? 내가 보기엔 낮이나 밤이나 그게 그거 같은데? 오히려 플래시 때문에 더 강하게 나오는 거 아냐?"

"민경아~ 사진 보정이라는 것을 하잖아~ 플래시를 터뜨리면 보정하기가 더 쉽단다. 일단 부각되는 부분은 부각되고 나머지 부분은 어둠 속에 가려지잖아. 안 그래?"

"음, 그런가? 그럼 나중에 보정인가 뭔가 해서 줘."

성격이 약간은 앙칼진 면이 있는 민경이었지만, 머리 돌아가는 건 루시퍼랑 비슷한 듯했다.

[야, 가만히 있는 마검 건들지 마!]

……

지금까지 '오늘 밤! 오늘 밤엔 기필코!' 라는 신념으로 버텼던 민경이지만 네 번째 관광지에서 촬영이 끝날 때쯤엔 그저 빨리 숙소로 되돌아가고 싶은 마음뿐이었다.

"오빠, 우리 택시 타고 가자. 응?"

팅팅 부어오른 다리를 주무르며 민경은 울 것 같은 표정으로 재오에게 말했다.

그들이 걷고 또 걸어 향한 네 번째 관광지는 거제도의 깊은 구석에 있는 곳이었던지라 촬영이 끝난 그들은 버스정류장에 앉아 언제 올지 모르는 버스를 기다려야만 했다.

"곧 있으면 버스 온대."

"다리 아프단 말이야! 배고파! 대체 이게 뭐야? 하루 종일 혹사시키고! 난 연약한 여자란 말이야!"

이미 그때는 정신줄 놓기 일보 직전이었다. 오늘 밤이고 뭐고 다 필요 없고, 그저 빨리 숙소로 돌아가서 쉬고 싶은 마음만이 가득할 뿐이다.

"여기는 외진 곳이라 택시 없어. 너도 보면 알잖아."

"…콜택시 부르자! 응?"

"돈 없어."

"돈도 없으면서 무슨 맛있는 것을 사준다고!"

지금껏 민경이 불평불만을 할 때마다 '맛있는 거 사줄게'라는 말로 꼬드겼던 재오였다. 물론 민경 역시 맛있는 것보다 재오의 재력을 원한 터라 그저 그 소리에 참고 있었을 뿐인데, 쌓인 울분을 터뜨릴 마땅한 명분이 없자 '맛있는 거' 운운하면서 짜증 섞인 고함을 쳤다.

"시내 가면 맛있는 거 사준다니까. 뭐, 회 사줄까? 아님 너 좋아하는 킹크랩?"

"여기에 킹크랩이 어딨어!! 그건 고급 레스토랑에만 있는 건데."

실실 웃으며 대답하는 재오의 말에 짜증과 울분을 지속적
으로 느끼는 민경이었다.

"돈은 내가 낼 테니까 우리 콜택시 부르자. 응?"

"그럼 네가 전화해라. 난 버스 타고 갈 테니까."

"……."

뭐 이런 놈이 다 있어?

결국 민경은 거제 114에 전화를 걸어 콜택시를 불렀다.

민경은 콜택시를 거는 순간에도, 속상해서 울음이 목구멍
까지 솟아오르는 것을 참고 있다.

그때 조용히 사태를 관망하던 루시퍼가 의아한 듯 끼어들
었다.

[근데 금속인데 시계처럼 제가 알아서 움직이는 게 위치 추
적기라고 했지? 그거, 민경이도 가지고 있는 거 같다?]

"응? 그게 무슨 소리야?"

[민경이 신발 한쪽에서 미세한 마나의 움직임이 느껴져.
뭐, 아까부터 느끼고 있던 것이지만.]

"근데 왜 그걸 지금 말해?"

[너, 너를 쫓는 감시자에 대해선 심각하게 생각하지 않잖
아? 게다가 줄곧 쉬지 않고 사진만 찍어댔으면서. 사진 찍을
때 말 걸면 화내는 주제에.]

'어라? 발신기가 왜 민경의 운동화에? 더구나 그 운동화는 오늘 아침 새로 산 것이라고 했는데?'

재오는 신발을 산 경유에 대해 자세히 물어보려 했지만, 잘못 건드리면 눈물을 터뜨릴 것 같은 민경의 상태에 그만두기로 했다.

이윽고 택시가 도착했고, 그들은 그 택시를 타고 시내로 나왔는데, 시내로 오자마자 민경은 재오에게 맛있는 밥을 요구했다.

씩씩거리는 모양새로 보아 밥이라도 얻어먹어야 직성이 풀리겠다는 뉘앙스였다.

일부러 그랬던 건 사실이지만 다리를 부르르 떨 정도로 제대로 걷지 못하는 그녀를 보고 미안한 마음이 드는 재오였다.

그는 자신이 했던 약속대로 맛있는 밥을 사주기 위해 민경을 이끌고 근처의 '김밥천국'으로 향했다.

"김밥천국……."

어이가 없다는 듯 멍한 표정을 한 민경이 분식점의 이름을 되뇌었다.

일반 음식점도 아닌 그냥 분식점.

이윽고 그들의 앞에 돈가스와 오징어 덮밥이 날라져 왔다.

그때까지 재오는 제대로 된 식사를 하지 못했기에 자신의 앞에 놓인 돈가스를 보고 허겁지겁 먹기 시작했지만, 민경은 자신 앞에 놓인 오징어 덮밥을 멍히 바라보고만 있다.

"왜? 배고프다며? 빨리 먹어."

"……."

갑자기 고개를 휙 들어 재오를 바라보는 민경. 그녀의 두 눈은 벌겋게 충혈되어 있었고, 닭똥 같은 눈물이 그녀의 눈 안에 고여 있었다.

굉장히 억울한 얼굴이었지만 솟아오르는 울분에 제대로 말을 하지 못하고 어버버거리는 민경이었다. 결국 말하는 것도 포기하고 엉엉 소리 내어 울기 시작했다.

"으어어엉엉엉! 오빠 진짜 왜 그래? 비싼 음식 사준다면서 이런 델 데려와? 하루 종일 제대로 먹지 못하고 오빠 따라 사진 찍으러 돌아다녔는데! 그 대가가 겨우 이거야? 오늘 내가 한 고생이 오징어 덮밥만도 못하냐고!"

"먹기 싫음 말든지."

"우와왕!!"

오징어 덮밥을 빼앗으려 재오가 손을 내밀자 그의 손을 치우며 자신의 덮밥을 사수하는 민경. 그제야 허겁지겁 밥을 먹기 시작했다.

"그래, 내가 죄인이다! 내 더러워서 오빠랑 안 놀아! 잘 먹고 잘살라고! 엉엉! 우물우물."

그렇게 늦은 저녁을 끝내고 절뚝거리는 민경을 숙소까지

데려다준 재오는 자신의 숙소로 돌아와 그날 찍은 사진을 확인하고는 다시 단전호흡에 들어갔다.

이미 1서클의 마력에 도달했지만, 가속도가 붙은 재오의 마력은 빠른 속도로 증가하고 있었다.

Chapter
08

복덩이 ?

한참 동안 단전호흡을 하는데 갑자기 울리는 재오의 핸드폰 벨 소리. 세준이다.

잠시 만나 프로젝트에 대해 이야기를 하자는 세준. 짐작하건대 미영과 헤어진 듯했다.

부나마나 화가 난 민경이 미영을 불러내었고, 파트너를 잃은 세준이 그제야 프로젝트 건으로 재오를 생각해 낸 것이겠지.

재오가 민경과 헤어진 지 한 시간도 못 된 시간이다.

'안 그럼 네놈이 나를 찾을 리가 없겠지.'

세준이 기다린다는 거제 시내의 한 술집으로 들어서자 먼저 자리를 잡고 앉아 있던 세준이 재오를 반겼다.

"많이 기다리셨나요?"

"전혀요. 근데 민경이랑 어떻게 된 거예요? 뭔 일 있었어요? 내일 당장 서울로 올라간다는데."

"글쎄요. 그냥 오늘 하루 종일 사진을 찍은 것 외에는……. 하하."

재오의 말에 뭔가 아쉽다는 표정을 짓는 세준.

"한참을 고생시키셨나 보네. 좀 잘 달래서 데리고 다니시지."

"후훗."

"암튼, 어때요? 전에 말한 프로젝트. 사정상 말을 하진 못했는데, 그 프로젝트에 맞춰서 사진을 찍어보는 건?"

"저에게 기회를 준다면 마다하지는 않겠지만, 어떤 사진이요? 아직 정확히 결정된 것도 아니라면서요?"

"아, 결정은 된 상황입니다. 제가 편집장인 걸요. 하지만 무엇을 찍어야 할지는 아직 결정되지 않았죠. 돌아가면 머리 빠개지게 생각해야겠지만, 지금 저는 업무 구상이 아닌 휴가거든요. 업무 구상을 위한 휴가."

"……"

"그럼 이번 프로젝트의 카메라 작가로 재오 씨가 하는 건

동의하는 겁니다?"

재오가 약간은 의심스럽다는 표정으로 세준을 바라보자 세준은 털털 웃으며 말을 끝냈다. 그리고 주머니를 뒤져 무언가를 꺼냈다.

"자요. 제 명함이에요. 숙소에 가서 찾아보니 가지고 왔더라고요."

세준이 건넨 명함에는 '더 카메라'의 상호와 그의 이름, 연락처가 또렷이 나와 있었다.

"그런데 아무리 편집장이라지만 혼자서 결정해도 되는 건가요? 일의 절차가 있을 텐데요."

"당연히 일의 절차가 있긴 하죠. 하지만 저는 그 정도 능력은 됩니다. 그리고 원래 이런 일이란 게 실력도 실력이지만 인맥도 중요한 거 아시잖아요."

"뭐, 어쨌든 고맙습니다. 그런데 정확히 뭘 찍어야 할지는 확실히 듣는 게 좋겠군요."

재오의 물음에 날카로운 눈빛을 하는 세준.

처음 재오의 사진을 보고 프로젝트에 대해서 이야길 나눴을 내 본 눈빛이었다.

"사회의 이면이죠. 아니, 정확히 말하자면 유명 여행지의 이면. 아름다움과 즐거움 속에 존재하는 다른 모습이랄까요?"

"음……. 솔직히 말해 그리 특별한 건 아닌 듯하네요. 그런 기획은 다른 곳에서도 충분히 했던 거 아닙니까? 물론 다들 실패하거나, 실패하지는 않더라도 크게 각광을 받진 않았던 걸로 아는데."

"물론 그렇죠. 그러니까 재오 씨의 시각이 필요한 거죠."

"……?"

"솔직히 영리 목적을 하는 오너의 입장에선 무슨 시사 프로그램도 아니고 고발하듯이 그런 사회의 이면을 까발릴 필요는 없죠. 이슈는 된다 해도 잡지사 이미지는 떨어질 수 있으니까요."

"그렇다면?"

"정확히 말하면 기존과 다른 시각일 뿐 그런 사회의 더러운 모습은 아닙니다. 그저 다른 시각. 평범하게 바라본다는 전제 하에 기존의 것과는 다른 것을 보여주면 됩니다."

[개뿔, 나는 당최 이게 뭔 소리인지 모르겠단 말이야.]

루시퍼는 궁시렁거리지만, 재오는 차분히 세준에게 되물었다.

"…너무 추상적이군요. 어렵기도 하고."

"맞아요. 제가 생각해도 좀 그렇죠? 그래서 당분간 몇 개월 정도는 연습을 해야겠죠."

"연습?"

"연습이라고는 하지만 좀 시간이 빠듯하죠. 지금부터 준비해도 제대로 된 사진을 찍어 보여준다는 보장이 없으니까요. 그래서 말인데요."

세준은 다시 날카로웠던 표정을 풀며 이야길 시작했다. 그의 행동으로 보니 말하기가 약간은 껄끄러운 이야기인 듯.

"그래서 하는 말인데, 지금부터 이 일을 맡아주시면 어떨까 하네요."

"……?"

"어떻게 보면 무엇을 봐야 할지, 재오 씨가 결정하는 거라고 생각할 수 있죠. 결국 재오 씨가 보고 느낀 것을 위주로 나갈 테니까요. 하지만 그것이 대중에게 공감을 불러일으킬지는 확인해 봐야 하니까 그동안 그것에 대해 알아보자는 거죠. 개인적으로도 꽤 중요한 프로젝트이고 그만큼 시간이 촉박하긴 하거든요. 그래서 하는 말인데 지금 당장 시작해 주셨으면 해요."

"지금 당장? 그 말은……?"

"지금 우리가 있는 거제도부터 시작할 것이거든요. 서제부터 시작해 서울로 올라가는 거죠. 그것 또한 프로젝트의 일부인데, 천천히 하나를 보고 올라오는, 이른바 '카메라 로드' 정도로 표현될 수 있겠군요."

"음. 괜찮은 프로젝트이긴 한데, 지금 당장은 어려운

데……. 일단 지금 제가 찍은 사진을 확인해서 보내줘야 하고, 거기에 맞춰 저 역시 준비를 해야 하니까요."

"지금부터 시작해서 필요한 경비는 제가 다 부담하겠습니다."

세준은 단호하게 말했다.

더 카메라, 앞서 말했듯이 카메라 관련 직종에서는 굉장히 알아주는 권위 있는 사진 잡지였다.

어떤 이유로든 그곳에 사진이 실렸다 하면 준작가 취급을 받을 정도였다.

사진작가를 꿈꾸는 재오에겐 절호의 기회였고, 쉽게 거부할 수도 거부할 필요도 없는 제안이었다.

하지만 재오는 왠지 너무 급작스럽게 일이 흘러간다고 생각했다. 어떻게 생각하면 아무렇지도 않을 일이지만, 왠지 마음 한구석에 무언가가 생겨났다.

최근 그에게 닥친 모든 상황으로 인해 그런 것일지도 모르지만 썩 마음이 내키지는 않았다. 그때, 재오의 핸드폰 벨이 울렸다.

"어? 지원이니? 오랜만이다."

핸드폰을 받으며 재오는 세준의 얼굴을 얼핏 바라보았다. 찰나의 순간이었지만 세준은 잔뜩 긴장한 표정이 되었다 원래의 표정으로 돌아왔다.

"응. 지금? 좀 멀리 내려왔어. 여기 거제도야. 응, 그래. 밥이라도 한번 먹어야지. 지금 당장은 좀 힘든데."

지원은 이번 주에 그녀가 퇴원한다며 조심스럽게 재오와 밥 한 끼 하자며 물었던 것인데, 난감함을 느낀 재오가 세준을 또다시 바라보았다. 그런데!

이번에도 역시 찰나의 순간이었지만, 또다시 세준이 표정이 심각한 표정이 되었다가 원상태로 되돌아왔다.

왜? 무엇 때문에?

"응, 그 이야기는 나중에……. 바로 전화를 할게. 응. 이따가 보자."

지원과의 통화가 끝나자 기다렸다는 듯이 재오에게 말을 거는 세준이었다.

"누구? 여자 친구?"

"여자 친구는요. 최근 만난 아이인데, 밥 한 끼 먹자고 그러네요."

"오, 대단한데요? 여자가 먼저 밥을 먹자고 전화를 걸다니. 재오 씨, 상당한 매력남인가 봐요?"

"그래서 말인데, 아까 그 제의, 좀 힘들 것 같네요."

"네?"

[뭐야? 너에게 이득되는 거라며? 어제까지는 바로 할 생각이었잖아?]

의외의 결정이라는 듯 세준은 당황한 표정을 감추지 못했다.

"굉장히 탐나는 제안이긴 한데, 일단 저는 바로 당장은 시간을 내기 힘들 거 같네요. 지금 제가 맡은 의뢰도 해결해야하고, 그것을 해결하는 데만 며칠은 걸리니까요. 게다가 지금 프로젝트는 장시간에 걸쳐 한국을 여행하는 것인데, 그것을 준비하려면 그것을 위한 시간이 필요하거든요. 하지만 세준 씨는 지금 당장 프로젝트를 진행할 사람이 필요하니 아무래도 저는 적합하지 않는 것 같군요."

"아, 괜, 괜찮습니다. 제가 너무 무리하게 일을 진행시키려고 한 것 같군요. 만약 시간이 필요하다면 시간을 드릴게요. 아까 전화 왔던 그 아가씨와 데이트도 해야 하니. 하하하!"

"……."

재오의 말에 세준은 계속 당황한 상태에서 벗어나질 못하고 있었다. 그 모습을 본 재오는 배시시 웃으며 미소를 지어 보였다.

"고생이 많죠? 이런 일이라는 게 참 힘들어요. 특히 어디로 튈지 모르니 쫓는 입장에서는 참 답답할 수밖에 없죠."

"네? 아, 네……."

"하지만 크게 벗어나는 일은 없을 테니 너무 조바심 낼 필요는 없다고 봐요. 뭐, 자기가 원하는 대로만 살 수는 없는 법이니까."

"…하지만 때로는 찾아온 기회를 놓쳐서는 안 되는 법이죠."

"그게 기회라면 말이죠. 아직 나는 여유가 있는데. 어떠세요, 세준 씨는?"

"제 생각은… 다시 한 번 생각해 보시는 게 좋을 것 같은데요."

선문답 같은 재오의 말에 대답하던 세준은 줄곧 멍한 표정을 짓다 마지막 말에 가서야 날카로운 표정을 지었다. 하지만 그 표정마저 웃음으로 받아넘기는 재오였다.

"그래요. 다시 생각해 보도록 하죠. 그럼 오늘은 먼저 일어설게요."

자리에서 일어난 재오는 그대로 술집을 빠져나갔다.

* * *

세준은 그 자리에 계속 남아 빈 술잔에 맥주를 채워 마시는데, 불쑥 낯선 남자가 세준의 테이블로 와 그의 맞은편에 앉았다.

"뭐야? 어떻게 된 거야? 지금 무슨 대화를 한 거야?"

"눈치챘어요. 지금껏 했던 작전이 모두 꽝이라는 거죠."

"그렇게 시간을 끌더니, 그래서 그런 거 아냐?"

"아니요. 적어도 그건 아니에요."

세준이 재오와 만난 첫날에 제안을 하지 않은 것을 두고 남자가 물어왔다. 세준 역시 조바심을 내고 있었는데, 보통의 사람이라면 먼저 세준이 던진 미끼를 무는 게 보통이었다.

왜냐면 그것이 재오 자신에게는 가장 중요한 일이기 때문에.

하지만 재오는 그렇지 않았다. 하루가 지나고, 그가 먼저 이야길 꺼낼 때까지 기다렸던 것.

재오는 분명 사진작가가 꿈이었기에 세준은 재오가 그 꿈을 이루기 위해 조급해할 것이라고 확신하고 있었다.

하지만 재오는 동요하지 않았고, 그의 모습에서 오히려 세준이 동요를 하고 있다는 것은 세준 스스로도 몰랐다.

하루가 굉장히 짧은 시간일 수도 있겠지만, 심리를 이용한 전술에서는 하루라 할지라도 충분하다는 것을 세준은 알고 있었던 것이다.

"확실해? 그럼 놈이 어떻게 알고 눈치를 챘는데?"

"몰라요. 아마 제 표정을 읽었나 봐요. 최대한 주의한다고 했는데……."

"이런 미친! 좀 조심하지 않고! 그래서 한재오가 내뱉은 말이 무슨 뜻인데? 수락하겠다는 거야, 말겠다는 거야?"

"팀장님도……. 안 하겠다는 이야기죠. 물 건너갔으니까 관여하지 말라는 의미예요."

세준의 말에 빈 재오의 술잔에 맥주를 따라 벌컥벌컥 들이켜는 남자. 빈 잔을 거칠게 테이블 위에 내려놓고는 인상을 쓰고 말했다.

"골치 아프게 되었군. 대체 녀석의 정체가 뭐야? 그놈이 뭔데 우리 팀 전체를 골탕 먹이는 거냐고?"

"마지막에 표정 관리 못해서 죄송하긴 한데, 너무 나무라지 마세요. 나름 최선을 다한 거니까."

"돌겠군."

"보통 자신의 꿈을 향해 달려가는 놈은 그 꿈에 다가서는 일이라면 거절을 못하는 법인데……. 아, 머리 아파. 아님 아직 흥정의 기회가 남아 있다는 건가?"

"됐어. 더 이상 시간을 끌 수는 없다."

"팀장님?"

팀장이라 불린 남자의 말에 화들싹 놀라는 세준이다.

"아직 시간은 남았잖아요! 다른 방법으로도 충분히……."

"그만둬. 놈이 알아차렸다면 내일, 혹은 모레 중으로 서울로 올라갈 거야. 그럼 서울보다는 여기서 일을 벌이는 게 더

쉬워. 누구보다 이 세계에 대해서 잘하는 놈이 그런 걸 모를리는 없잖아? 게다가 심리전이라면 손가락에 꼽는 너다. 너마저 실패했다고 한다면 더 이상 방법이 없는 거야."

"하지만 그 녀석, 만만하게 볼 놈은 아닌데요. 사람도 괜찮은 듯하고……."

"……?"

말끝을 흐리는 세준의 태도에 남자가 세준을 노려보았다.

하지만 세준이 더 이상 말을 하지 않자 남자는 자리에서 일어서며 마지막으로 세준에게 명령을 하달했다.

"어차피 너는 한재오에게 정체가 알려졌기에 그다음 계획에서 빠진다. 행여 다른 생각 하지 마. 나머지는 우리가 알아서 할 테니까."

말없이 술잔을 들어 맥주를 마시는 세준. 남자가 일어나 술집을 나섰지만, 그때까지도 세준은 조용히 술잔을 들이켜고 있을 뿐이었다.

*　　　*　　　*

재오가 술집을 나서자 그때까지 조용히 침묵을 지키고 있던 루시퍼가 속사포같이 말을 꺼내놓기 시작했다.

[야! 무슨 생각으로 그런 좋은 제의를 거절한 거야? 여하튼 사진작가가 된다며? 그 잡지에 실리면 무조건 사진작가라며? 그냥 세준이란 놈이 제의한 것을 받아들여! 이보다 더 좋은 기회는 없단 말야!]

"너 이상하다? 솔직히 내가 그 제의를 받아들인다고 해서 네가 좋을 건 하나도 없잖아? 근데 왜 갑자기 난리냐?"

[왜 좋을 게 없어? 까놓고 말해, 서울에 있는 것보단 이런 곳이 마나를 연습하기에는 더 좋다고! 확실히 서울보다는 마나의 농도가 짙어. 이런 곳이 네가 마법을 익히기에 더 좋단 말이야!]

숙소로 되돌아와서도 루시퍼의 말은 계속 이어졌지만, 재오는 사뿐히 무시해 주고 지원에게 전화를 걸었다.

"지원이니?"

"네, 재오 오빠."

분명 그전까지는 아저씨라 불렀던 지원인데 그 사실을 지원도, 또 재오도 깨닫지 못하고는 자연스럽게 대화를 시작했나.

"너 언제 퇴원한다고 했지?"

"이번 주말이요."

"정확히 몇 시? 그때 보자고. 시간 맞춰서 갈 테니까."

"정말요?"

환하게 변한 지원의 목소리가 핸드폰 너머에서 들려왔다. 상세한 약속을 하고 전화를 끊은 재오는 다시 핸드폰에 번호를 찍고는 통화 버튼을 눌렀다.

두 번째로 전화를 건 이는 재오에게 일거리를 주는 사진작가 김현보였다.

"어, 왜? 무슨 일 있어?"

"일은요. 그냥 걸었어요."

"그냥? 왜? 네가 그냥 전화할 놈이 아닌데. 헛소리 말고 용건이나 말해."

"헤헤. 뭘 좀 물어볼 게 있어서요."

"뭘?"

"혹시 '더 카메라' 의 편집장이 누군지 아세요? 사진 잡지 있잖아요. 더 카메라."

"글쎄? 가끔 의뢰를 받긴 하지만 내가 거기 편집장이 누군지 어떻게 알아?"

"혹시 형님 인맥으로 알아봐 주실 수 있어요? 거제도에서 더 카메라 편집장을 만났는데, 최근에 바뀌었다고 하더라고요."

"그래? 그놈이 뭐 너에게 일거리라도 줬어?"

"글쎄, 잘하면요."

"그래? 그럼 한 번 알아보지. 근데 지금은 좀 힘든데."

"내일이라도 상관없으니까 좀 알아봐 주세요. 개인적으로 중요한 일이라서."

"그러지, 뭐. 암튼 시간이 걸리니까 기다려라."

현보와의 통화가 끝난 재오는 다시 단전호흡을 연습하기 시작했다.

솔직히 말하면 재오가 세준의 정체를 확신한 건 아니었다.

다만 재오는 세준의 의심스러운 행동에 그가 자신을 감시하는 일당이라고 생각했고, 그 즉시 그의 제안을 거절했다.

세준이 그 일당이라고 단정한 이유도 있었지만, 어차피 세준의 제안 자체가 재오로서는 목매달 일은 아니다. 그가 정말 '더 카메라'의 편집장이고, 그의 제안을 받아들여 프로 사진작가가 되면 더할 나위 없이 좋은 일이겠지만, 이미 10억이란 돈을 확인했을 때부터 재오는 세계 여행을 준비하고 있었다.

세계 여행을 할 충분한 자금이 있는 이상, 작가의 타이틀은 잠시 미루어 두어도 된다는 것이 재오의 생각이었다.

만약 재오의 생각이 틀렸다고 해도 크게 걱정할 문제는 아니라고 생각했다.

그가 진짜든 아니든 세준의 행동으로 봤을 때 정말 재오를 필요로 한다면 세준은 다시 재오에게 연락할 것이다.

만약 진짜인데 재오에게 연락이 없다면 나중에 재오가 세준에게 연락하면 된다. 그때에도 세준의 제안이 유효할지는 모르겠지만, 어쨌든 지금 필요한 건 신중함이라고 재오는 생각했다.

하지만 교통사고 이후 재오를 두고 돌아가는 상황을 보자면 세준은 분명히 자신을 감시하는 사람 중 한 명이 틀림없었다.

첫날 재오를 쫓는 사람이 있었지만, 세준을 만난 이후 재오를 쫓는 사람이 사라졌다.

민경과의 사진 출사에서는 자신을 쫓는 사람 대신 추적 장치가 민경의 신발 속에 있었다지만, 가장 의심스러운 사람은 세준이었다.

방금 전의 상황만 보더라도 세준은 사진을 핑계로 재오를 서울로 못 올라가게 하려 했다. 거기까지는 좋다. 지원의 이름이 나오자마자 변한 세준의 표정. 그 이후 그는 재오에게 자신의 생각을 강요했다.

"뭐, 더 이상 생각할 필요도 없이 감시자네."

세준은 분명히 자신을 감시하는 사람 중 한 명이 틀림없었고, 왜 세준이 자신을 감시하는지는 모르지만, 만약 세준이 자신을 감시하는 사람 중에 한 명이라면 그의 뜻에 따를 필요가 없고, 그러기도 싫었다.

"왜 감시하는지는 모르겠지만 일단 꺼림칙하니까. 나는 내 힘으로 얻은 것을 가지고 싶을 뿐이야."

하지만 역시 중요한 건 신중함. 뭐, 너무 쉽게 생각하는 것일 수도 있겠지만 어쨌든 재오의 상황으로 봤을 때 목맬 상황은 아니라는 것. 아님 말고.

"정말 루시퍼의 말대로 행동을 예측할 수 없는 놈들이네."

여하튼, 재오로서는 전혀 손해 볼 것 없는 장사였기에 느긋한 마음으로 단전호흡을 연습했다. 루시퍼는 그의 몸속에 마나를 공급하는 동시에 본격적으로 1서클의 마법을 알려주기 시작했다.

[일단 클래스의 정의부터 배우자. 원래 마법사의 등급을 나타내는 말은 '클래스'라고 한다. 1클래스에서 9클래스가 있고, 1클래스가 가장 낮은 마법, 그 위로 올라갈수록 강한 마법들이지. 서클이라는 것은 정확히 말하자면 마력의 크기를 나타내는 말인데, 9클래스 마법에는 9서클의 마력이 필요하기 때문에 단어의 구분 없이 같은 의미로 사용하곤 해.]

"그럼 왜 서클이랑 클래스를 나누는 거야? 그냥 같은 의미

로 사용하면 될 것을?'

　[천재가 아닌, 보통의 마법사들이 도달할 수 있는 서클은 6, 7 서클이야. 그럼 보통 마법사들은 그 이상의 서클마법은 사용하지 못하잖아. 인간들이 바보냐? 자신들이 사용하는 마법들을 바라보기만 하게? 보통의 마법사라고 해도 6서클 이상의 마법을 사용 할 수 있어야 할 것 아냐!]

　"그건 그렇군."

　[그리고 또! 마법을 클래스 별로 나눈 이유는, 마법마다 소모되는 마나, 마력의 크기가 제각기 다르기 때문인데, 이 마법의 개수가 굉장히 많아. 1서클의 마법만 해도 몇 백 가지나 되지. 상위 클래스로 갈수록 그 숫자가 줄어들기는 하지만.]

　"뭐가 그리 많아? 설마 그 몇 백 가지 마법을 전부 배우라는 소리는 아니지?"

　[당연하지. 1클래스의 마법이 그렇게 많은 이유는, 처음 마법이 만들어지고 세계에 널리 퍼진 이후 각 지역에 있는 마법 학파별로 발전했기 때문이야. 각 학파들은 같은 마법을 흡수해서 다른 비슷한 마법을 만들거나 전혀 다른 마법들을 만들었지. 그렇게 수업이 만들어지다 보니까 후대에 와서는 그 마법들을 공용화할 필요성을 느끼게 된 거야. 그래서 중복되고 쓸데없는 마법은 모두 버리고 간단한 마법

체계를 만들게 돼. 그게 네가 지금부터 배우게 될 공용 마법 이야.]

"그래서 그건 몇 개나 되는데?"

[1서클 마법만 40개쯤?]

"많네."

[괜찮아. 일단 이름만 기억해 둬]

"근데 이거 꼭 배워야 돼? 나는 마법을 사용할 수 있을 만큼만 강해지면 된다며? 그럼 마법은 네가 사용하면 되잖아."

[마력만 증강시키는 것과 마법을 사용하는 것 자체는 확실히 달라.]

"그래."

좀 찝찝한 감이 없지 않아 있지만, 마법에 대해선 루시퍼만큼 전문가도 없기에 묵묵히 마법을 배우기로 한 재오. 하지만 아무리 마력이 높다 하더라도 한꺼번에 모든 것을 배울 수는 없기에 일단 1클래스의 마법을 숙지하고 하나씩 배워 나가기로 했다.

하지만 지금 당장은 마력 증강이 시급했기에 재오는 계속해서 단전호흡을 이어나갔다.

"근데 좀 이상하다?"

[뭐가?]

재오는 그 전날부터 잠 한숨 안 자고 단전호흡을 연습했다. 그 전날 날을 샌 재오는 민경의 전화에 그녀와 하루 종일 거제 관광지를 돌아다니며 사진을 찍어댔는데, 전혀 피곤함을 느끼지 않고 있는 것이다.

그 사실을 깨달은 재오가 루시퍼에게 물었다.

"평소 단련이 된 몸이라고 해도 그렇게 몸을 혹사시켰는데 전혀 피곤한 기미가 없잖아? 무슨 마법을 부린 거냐? 아님 마법을 배워서?"

[웃기고 자빠졌네! 아무리 마법이라지만 사람이 가진 본질적인 피로를 해결할 수는 없어. 뭐 일시적으로 생기를 넣어줄 수는 있지만 그것도 그때뿐, 마법이 풀리면 더 고생한다고. 힐링 마법도 마찬가지. 다만 신성 마법의 힐링은 좀 다르지만. 지금 네가 피로를 느끼지 못하는 건 내가 너의 컨디션을 조절해서 그런 거야. 뭐, 마법을 배워서 정신적, 육체적으로 강인해지는 면도 없지 않아 있지만, 단지 마법을 배웠다고 해서 허약한 육체가 강해지진 않는다고.]

"그래? 그럼 내가 언제까지 잠도 자지 않고 마법을 연습할 수 있는데?"

[약발 다되었다. 약발 끝날 때까지 무조건 강행군이다!]

루시퍼의 말대로 피로는 금방 찾아왔지만 강행군을 한 보람으로 인해 재오는 2서클에 가까운 마력이 되었다.

수치로 따지자면 1.8서클 정도?

어쨌든 그날 재오는 일찍 잠에 들었고, 그 다음날 오후까지 잠을 청했다.

Chapter
09

화재 속의 마법사

　잠에서 깨어난 재오는 곧바로 짐을 싸 거제 터미널로 향했
는데, 원래 며칠간 더 지낼 계획이었지만 세준의 얽히고설킨
관계를 알아버린 후라 굳이 남아 있을 이유가 없기에 서울로
올라가기로 했다.

　어차피 궁한 놈이 움직인다고, 서울에 올라가도 세준은 알
아서 찾아오겠지 하고 재오는 생각했다.

　현보에게 받은 일은 모두 끝난 상태였는데, 서울 고시원으
로 돌아가 자신의 컴퓨터에서 수정 작업을 해서 현보에게 보
내주면 완벽한 끝마무리가 되는 것이다.

물론 현보나 일을 의뢰한 업체에서 따로 사진 수정 작업을 하겠지만, 수정해서 따로 주는 것이 아직 정식 작가가 되지 않는 재오의 실력을 입증할 수 있는 좋은 방법이라 생각했다.

수정이란 정확한 표현으로는 '사진 보정' 작업이라고 해야 한다. 하지만 사진 보정 작업은 전문적인 일에 해당되어 보통의 사람들에겐 무의미한 말일 수도 있다. 그러나 뛰어난 사진작가일수록 자신의 사진을 직접 보정했기 때문에, 재오 역시 스스로의 사진을 보정하며 실력을 키워나가고 있었다.

여하튼, 거제터미널에서 서울행 티켓을 끊고 버스가 오기만을 기다리는 있는 재오였다.

서울행 버스가 오기까지 한 시간 정도의 여유가 있었다. 재오는 그동안의 짬을 이용해 또다시 단전호흡을 연습했다.

병원에서 퇴원을 한 시점에서 거제도에 출사를 온 재오가 다시 서울로 향하기까지 2주일의 시간이 지났다.

보통의 마법사들이 1서클의 수준이 되려면 1년의 시간이 걸린다고 한다. 물론 재오는 루시퍼의 도움이 있었지만, 루시퍼는 재오가 1서클이 되기까지 한 달의 시간을 예상했다.

그런데 재오는 그 예상을 뛰어넘고, 1서클보다도 더 높은 마력을 지니게 되었는데, 이것은 루시퍼가 도왔다 할지라도 굉장한 성취일 수밖에 없었다.

루시퍼는 이 상태라면 며칠 후에는 2서클에 도달할 것이라고 말했는데, 지금 상태로 서울에 도착하더라도 조각의 위협에서는 충분히 벗어날 수 있을 것이라 말했다.

뭐, 조각의 위협에서 확실하게 벗어날 수 있는 마력은 3서클이지만, 재오의 비상한 능력까지 합친다면 2서클에 가까운 마력만으로도 충분할 것 같다는 루시퍼의 대책없는 진단이었다.

'왠지 이 녀석, 시간이 흐르면 흐를수록 대책 없어지는 거 같아. 뭐, 처음 만날 때부터 어설퍼 보이는 면이 있긴 했지만……'

터미널 대기 의자에 앉아 한참을 단전호흡을 하고 있는데, 터미널 입구에서 절룩거리는 걸음으로 캐리어를 끌고 들어오는 여자가 눈에 띄었다. 화려한 옷을 입은 매우 낯이 익은 얼굴.

[어, 민경이다. 네가 그렇게 싫어하는 된장녀.]

"절대 싫어하지 않아. 다만 그 반응이 재미있을 뿐이지."

[이런 새디스트.]

"……"

터미널로 들어선 민경이도 재오를 바라본 듯 순식간에 표정이 굳어졌다.

하지만 흥, 하고 콧방귀를 뀌고는 절룩거리는 걸음으로 버스표를 사서 재오랑 멀리 떨어진 대기 의자에 앉았다. 그녀의 행동에 피식 웃음 지은 재오는 그녀의 옆으로 다가가 앉았다.

민경은 재오가 자신의 옆자리에 자리하자 호들갑을 떨며 재오를 밀쳐내려 했지만, 걷기 힘든 다리로 인해 제대로 힘을 쓸 수도 없다.

그 전날의 고생으로 인해 다리를 포함한 온몸에 근육통을 앓고 있는 게 분명했다.

"저리 가!! 왜 이쪽으로 오는 거야!"

"지금 서울 올라가는 거야? 세준 씨 말로는 미영인가 하는 친구랑 같이 간다고 하던데."

"남이야 혼자 가든 둘이 가든!"

토라져도 단단히 토라진 듯 또다시 콧방귀를 뀌며 얼굴을 홱 돌리는 민경.

재오는 피식 웃으며 매점에서 음료수를 사와 민경의 손에 쥐어줬다. 보나마나 미영은 친구를 버리고 있어 보이는 세준을 택했기에 홀로 남은 거로구만.

"그만 삐치고, 자, 마셔라."

"흥!"

또다시 콧방귀를 날리는 민경.

"원래 모델이라는 게 쉬운 직업이 아니다. 유명한 모델이 아닌 이상, 작가가 자신의 이미지에서 작품을 뽑아낼 때까지 노력해야 한다고."

"흥! 그런 이야기는 진짜 모델한테 가서 하라고!"

"네가 프로 모델 뺨치게 잘해서 말이지."

"음!"

칭찬이었나?

민경의 얼굴에 일순 좋아하는 표정이 스쳤지만, 재빠르게 본래의 표정을 유지하는 민경.

민경을 보고 비웃음인지 그냥 웃음인지 모를 미소를 유지하는 재오였기에 그런 그를 보는 민경의 마음속에선 알 수 없는 열불이 끓어올랐다.

'병 주고 약 주고, 약 올리는 건지 칭찬을 하는 건지.'

재오도 더 이상 말을 시키지 않았다. 잠시 동안 정적이 이어졌다. 그러다 갑자기 불편한 몸을 이끌고 자리에서 일어나는 민경.

절뚝거리는 발을 이끌고 어딘가를 향해 걷기 시작했다. 재오는 약간은 미안한 마음에 민경을 쫓으면서 그녀에게 말을 건넸다.

"어디 가? 걷는 것도 힘들 텐데. 오빠가 데려다줘?"

"됐어! 따라오지 마!"

"사과할게. 어젠 내가 좀 심했던 것 같다. 그러니까 화내지 말고……."

"따라오지 말라니까! 화장실 가는데 거기까지 따라올 거야?"

"대개 남자 친구들이 여자 화장실 앞에서 기다려 주잖아? 가방 들고."

"……."

말문이 막힌 민경은 재오에게 자신의 캐리어를 확 집어 던지듯 주고는 화장실로 향하며 소리쳤다.

"오빠가 내 남자 친구면 난 죽어 버릴 거야!"

그리고 여자 화장실로 사라지는 민경.

[너도 참 특이한 놈이다. 거저 온 복을 바로 차다니.]

"넌 저게 거저 온 복으로 보이냐? 하긴, 원시인은 묻지도 따지지도 않고 보이는 대로 좋아한다지?"

[아우! 너 자꾸 원시인이라고 하면 진짜 가만 안 둔다!]

재오는 실실 웃으며 제자리로 돌아와 앉았다. 그리고 다시 단전호흡을 연습하려는데…….

"불이야!!"

터미널을 뒤흔드는 꽝음과 비명 소리, 그리고 흔들림.

"뭐야!"

[2층이야! 빨리 튀어!]

루시퍼가 튀라고 한 것은 건물 밖으로 나가라는 뜻이었다. 하지만 재오가 향한 곳은 건물 밖이 아닌 2층으로 올라서는 계단 앞이었다.

[아, 야! 그러니까 내 말은 건물 밖으로 나가라고! 2층이란 말은 2층에서 소리가 났다는 의미야!]

"알아. 2층에 사람들 있잖아! 가서 도와주자고!"

[이게 미쳤나! 제 앞가림도 못하면서 돕긴 뭘 도와!]

"내가 못해도 네가 있잖아. 너에겐 이 정도는 식은 죽 먹기 아냐? 괜히 쓸데없는 곳에 마법 사용하지 말고 이럴 때 사람들을 위해 사용하면 좋잖아?"

[우이 씨, 마법이 무슨 만능인 줄 아니? 이런 대형 재해는 제아무리 마법이라고 해도 어떻게 할 수 없단 말이야!]

"네가 어제 나열했던 1서클 마법 중에 불을 움직이는 마법도 있던데?"

[그거야 인간이 조절할 수 있는 불로 불장난하는 수준이고!]

"괜찮아! 너라면 할 수 있어! 넌 우주 최고의 강력한 마검이잖아!"

[…에이, 이런 대형 재해는 골치 아픈데.]

2층으로 향하는 계단 앞에 선 재오는 잠시 심호흡을 하고 멈춰 섰다.

계단을 타고 거대한 불길과 연기가 1층으로 내려오고 있었기에 아무런 준비도 없이 그 불길을 뚫고 2층으로 오르는 건 불가능했다.

전후 사정은 모르지만, 건물을 흔드는 커다란 폭발음이 들렸던 것으로 보아 2층의 계단이 시작되는 상가에서 가스 폭발이라도 일어난 듯했다. 자연적인 불이라면 이렇게 한순간에 불길이 솟아오르진 않는다.

원래 불이 타오르는 건 한순간이긴 하지만, 최초의 불이 발생 후 그 불이 훨훨 타오르기까지는 약간의 시간이 필요했다. 그리고 커다란 굉음과 건물을 뒤흔드는 흔들림. 자연적인 불이라고 하기엔 뭔가가 어색한······.

[매직 아머(Magic Armor)! 매직 쉴드(Magic Shield)!]

"응? 아머와 쉴드? 그건 방어 마법 아냐? 지금 상황에 필요가 있나?"

[그래도 없는 것보단 나아. 약간의 열기에선 보호받을 수 있을 테니.]

그리고 또 하나의 마법 주문을 외우는 루시퍼.

[어펙트 노멀 파이어(Affect Normal Fires)!! 윈드(wind)!]

그러자 2층에서 치솟고 있던 거대한 불길이 홍해 갈리듯 갈라졌다. 그 모양을 보곤 놀람의 탄성을 짓는 재오.

"소용없다고 하더니 잘 먹히네?"

[어펙트 노멀 파이어(Affect Normal Fires)는 보통의 불을 조정하는 마법이라고! 이런 거센 불길 앞에선 얼마나 그 효과가 지속될지 나도 알 수 없어! 다른 마법 역시 마찬가지야! 시간 없으니까 빨리 움직여!]

재오는 루시퍼의 재촉에 잽싸게 불길 사이로 뛰어들었다. 그가 2층으로 사라지자 갈라졌던 불길이 사르르 합쳐졌다.

터미널은 2층으로 된 낡은 건물이었다.

2층으로 올라선 재오는 불길을 뚫고 앞으로 나가려 했지만 그를 가로막는 불길은 재오의 출입을 막으려는 듯 거세게 타오르기 시작했다.

루시퍼가 어펙트 노멀 파이어와 윈드 마법을 이용해 재오의 주위로 몰려드는 불길을 막고는 있지만, 불길이 재오의 곁으로 다가오지 못하게 하는 것도 빠듯해 보였다.

불길도 불길이지만 그보다 심각한 것은 불길 속에서 생성되는 연기였다.

불의 발화 지점은 2층 계단 옆에 붙어 있던 가게였는지 그 주변을 심각하게 태워 1층과의 이동을 막고 있음과 동시에 시커먼 연기를 뿜어내고 있었다.

그 연기는 건물을 벗어나지 못했기에 2층 안을 맴돌고 있을 뿐이었다.

윈드 마법으로 바람을 생성해 낸 루시퍼는 재오에게 다가오는 시커먼 연기를 막고는 있었지만, 시커먼 연기는 그 바람을 비집고 재오에게 다가오려 하고 있었다.

[2층에 있는 사람 총 아홉 명이야! 그나마 다행인 건 모두 한곳에 모여 있다는 건데, 불길을 열어줄 테니까 인도하는 방향으로 빨리 뛰어!]

루시퍼는 말을 끝내자마자 다시 한 번 어펙트 노멀 파이어와 윈드 마법을 시전했고, 재오의 앞으로 불길이 갈라졌다.

루시퍼가 뛰라고 했지만 사방에서 죄여오는 열기로 인해 가까스로 걸음을 옮길 뿐이었다.

보통의 경우, 불속을 돌아다니는 것은 절대로 불가능하다.

그 옆에 가까이 다가가기만 해도 그 열기에 피부가 타고 녹아서 죽을 수가 있었다. 아니, 일반적인 화재의 경우, 그 불의 바로 옆에 있다고 가정한다면 그 즉시 죽는다.

괜히 소방관 아저씨들이 우주인 같은 옷을 입고 화재 현장으로 들어가는 것이 아니었다. 그 열기는 불이 꺼진 이후에도 남아 있기 때문에 막 불을 끈 후에도 방화복—소방관들이 입는 우주인처럼 생긴 옷으로 열기를 차단한다—을 입고 돌아다니는 것이다.

하지만 지금 재오가 불속을 거닐 수 있는 이유는 루시퍼가 걸어준 매직 아머와 매직 쉴드 때문이었는데, 그 두 개의 마법이 소방관이 입는 방화복 기능을 하고 있었다. 게다가 윈드 마법으로 바람을 생성해 재오에게 다가오는 열기를 식혀주고 있었기 때문에 가능했던 것이다.

재오가 몇 걸음 옮기자 어펙트 노멀 파이어 마법이 풀렸는지 갈라졌던 불길이 순식간에 합쳐졌고, 불길과 거리를 유지하고 있던 재오마저도 삼켜 버렸다.

하지만 루시퍼가 걸어놨던 마법들의 효과 덕분인지, 죽을 정도의 열기는 느꼈지만 재오의 피부는 타들어가지 않았다.

그러나 코를 타고 폐 속 깊숙이 들이닥친 검은 연기로 인해 호흡 곤란을 일으켜 제자리에 풀썩 주저앉아 버린다.

[에잇! 블로우 바이올렌티(blow violently)!!]

순간 재오의 몸에서 커다란 돌풍이 생성되더니 재오를 벗어나 사방으로 퍼져 나갔다.

순식간에 일어난 바람은 불길 너머에 있는 건물의 유리창을 깨버렸지만, 더 이상 크게 확대되지 않고 재오의 주변을 돌며 연기와 불길의 접근을 막기 시작했다.

근처에 있던 창문이 깨지니 그에게 다가오는 검은 연기가 밖으로 빠져나가기 시작했지만, 여전히 건물에 남아 있는 연기는 재오의 시야를 가리고 있었다.

"콜록! 죽을 뻔했다. 근데 그건 뭐야? 방금 사용한 마법은 1서클 마법엔 없었는데?"

[1서클의 윈드(wind) 마법과 3서클의 거스트 오브 윈드(gust of wind) 마법으로 인해 사라져 버린 마법이지. 흔히 2서클에 분류되지만 2서클의 마나보다는 적어서 정확히 말하면 1.5서클 마법이라고 할 수 있어. 전에 말했지? 마법엔 중복되는 마법이 많다고. 블로우 바이올렌티(blow violently) 마법과 비슷한 게 3서클의 거스트 오브 윈드(gust of wind) 마법이거든.]

루시퍼가 블로우 바이올렌티 마법으로 길을 뚫자 재오는 아홉 사람이 있다는 곳에 도달할 수 있었다.

터미널의 2층은 긴 복도를 중심으로 양쪽에 작은 점포들이 들어서 있는 흔한 구조로 되어 있었는데, 사람들이 있는 곳은 복도의 맨 끝에 있는 점포, 그러니까 가장 구석진 곳에 위치한 가게였다.

불길을 뚫고 가게 안으로 들어서자 그곳에 모인 사람들이 까무러질 듯이 놀라며 재오를 바라보았다.

재오가 가게 안으로 들어서자 루시퍼는 잽싸게 블로우 바이올렌티 마법을 중단시켰지만, 사람들이 놀란 건 마법 때문이 아니었다.

그들은 창문을 활짝 열어놓고 가게 안으로 들어오는 연기를 피하고 있었다.

"어떻게 그 불길을 뚫고 온 겁니까?"

"말할 시간 없으니 어서요!"

재오가 그가 들어온 곳을 향해 나가자는 손짓을 했지만, 사람들은 선뜻 움직이려 하지 않았다.

재오의 뒤로 보이는 활활 타오르는 불길에 겁을 먹고 있었던 것.

"갑자기 터졌어요! 그래서 1층으로 내려갈 수 없어서 다들 이쪽으로 모인 거예요!"

몸을 바들바들 떨고 있는 한 할머니가 재오의 팔을 잡고 횡설수설 말한다. 그 할머니 역시 장황하게 수다만 늘어놓을 뿐, 재오를 따라 밖으로 나갈 의향은 없는 듯했다.

[사람들이 이래. 도와주려고 해도 꼭 도움의 손길을 거부한다니까.]

"야, 무슨 방법 없냐?"

[뭘 어떻게 해? 블로우 바이올렌티 마법으로 이 많은 사람에게 불길이 닿지 않도록 통제할 순 없다고! 너 하나만도 힘든 판국인데! 게다가 다 늙은이들뿐인데 불에 닿기도 전에 놀라서 죽겠다!]

루시퍼의 말대로 그곳에 모여 있는 사람들은 나이든 노인들뿐이었다. 재오는 그곳의 유일한 탈출구인 창가로 다가가 밖을 바라보았다.

터미널 건물은 2층. 재오의 기준으로는 그리 높지 않은 편이다.

만약 재오처럼 젊은 사람이라면 충분히 뛰어내려 갈 수도 있지만, 이곳에 있는 사람들은 모두 노인뿐이었기 때문에 뛰어내리는 것은 생각할 수도 없었다.

하지만 그건 보통 사람들의 경우이고.

"루시퍼, 여기에 있는 모든 사람들, 창밖으로 날려 버릴 수 있냐?"

[불가능한 건 아니지만… 어쩌게? 아! '피더 펄(Feather Fall)'!]

뒤늦게 무언가를 알았다는 듯 소리를 치는 루시퍼.

피더 펄, 허공에서 땅으로 떨어지는 물체를 가볍게 만들어 충격을 줄이는, 안전하게 착지할 수 있도록 고안된 마법이었다.

블로우 바이올렌티 마법으로 사람들을 들어 1층으로 피신시킬 수도 있었지만, 그러기엔 섬세한 마나의 컨트롤과 마법을 유지시켜 줄 충분한 마력이 필요했다.

비록 속성으로 1서클에 도달한 재오였지만 말 그대로 '속성'이기 때문에 블로우 바이올렌티 마법을 장시간 사용하기엔 그의 마력이 너무나 불안정했다.

그 사실은 재오 스스로도 알고 있다. 그랬기 때문에 최소한의 마나 컨트롤과 짧게 사용할 수 있는 마법으로 승부를 보려고 했던 것이다.

[음. 가능은 한데… 이 사람들을 한꺼번에 창밖으로 떠밀게 하려면 대체 어느 정도로 힘을 조절해야 하는 거야? 순간적으로 마력을 증폭시킬 수는 있지만… 젠장! 암튼 준비해! 최대한 계산해 볼 테니까!]

"저기 할머니들! 모두 제 말에 따라주실래요? 일단은요, 모두 눈을 감으세요!"

이미 이성을 잃은 사람들은 재오의 말에도 아랑곳하지 않고 각자의 말을 내뱉으려 했다. 하지만 강하게 그들을 제지하며 다시 한 번 크게 소리치는 재오.

"알았으니까요, 일단 모두 눈을 감으세요! 빨리 감아!! 거기 할아버지! 빨리 감으라고요!!"

좀 강압적으로 대하자 그제야 말을 듣기 시작한다.

[블로우 바이올렌티!!]

그들이 모두 눈을 감자 루시퍼는 마법을 시전했고, 그들은 순식간에 창문을 빠져나와 허공으로 솟구쳐 올랐다.

[피더 펄!]

순차적으로 외쳐진 주문에 사람들은 천천히 깃털 날리듯 땅에 주저앉았다.

사람들이 그들에게 닥친 변화를 감지하고 두 눈을 떴을 땐 이미 모든 상황이 정리된 상태였는데, 그만큼 루시퍼의 마법이 빠르게 시전되고 이루어졌기 때문이다.

"이제 모두 빠져나간 거야?"

[뭐, 그렇지.]

"어째 대답이 시원찮다?"

[다 빠져나갔어. 그러니까 우리도 빨리 이곳에서 벗어나자고.]

"루시퍼!"

[젠장, 복도 중간에 있는 가게에 다친 사람이 한 명 있어. 하지만 곧 죽을 거야."

두말없이 빠르게 뒤돌아 불길 속으로 뛰어가는 재오. 루시퍼는 구시렁거리며 다시 한 번 마법을 시전했다.

[빌어먹을 한재오! 블로우 바이올렌티!!]

재오가 2층에 들어섰을 때만 해도 2층의 중간을 태우고 있던 불길은 그사이에 급속도로 번져 2층 전체를 집어삼키고 있었다.

바람을 일으켜 사람이 아직 생존해 있다는 가게로 다가갈 순 있었지만, 이미 거세게 붙은 불길이라 그런지 블로우 바이올렌티 마법만으로는 쉽게 불을 끌 수가 없었다.

루시퍼는 블로우 바이올렌티 마법에 어펙트 노멀 파이어

마법까지 사용해 겨우 타오르는 불길을 날렸다.

그러자 바닥에 쓰러져 타고 있던 사람이 나타났는데, 이미 피부의 깊은 곳까지 타들어간 상황이었다. 하지만 그 사람의 코에서 뿜어져 나오는 가늘고 뜨거운 숨결로 아직 숨이 붙어 있다는 것을 확인한 재오였다.

[가망 없다고! 이미 죽은 목숨이야!]

"무슨 방법 없어?"

[힐링이 있지만, 그건 2서클에서부터 사용할 수 있어. 방금 전에 사용한 블로우 바이올렌티보다는 더 섬세한 마법이라고! 마나 다루는 측면에서는 3서클에 해당된단 말이야!]

마법 기술과 각 서클에 대응되는 상관관계에 대해서는 모르겠지만, 간단하게 말하자면 사용할 수 없다는 말.

어쨌든 아직 숨이 붙어 있음으로 이 사람을 밖으로 끌고 나가야만 했다.

"바람으로 이 사람을 들 수 있어?"

[안 돼! 아까도 말했잖아! 이 불길 속에선 더 이상의 섬세한 마나 컨트롤이 어렵다고! 게다가 불길은 더욱 강해지고 있어!!]

잠시 머리를 굴리는 재오는 무언가를 생각해 낸 듯 하나의 마법 이름을 외쳤다.

"플로우팅 디스크(Floating Disc)!"

[빌어먹을 자식, 잔머리는 되게 좋아! 플로우팅 디스크!!]

루시퍼가 주문을 외우자 화상을 입은 사람이 누운 바닥에서 1미터 정도의 넓적한 원반이 생성되었다.

화상 입은 사람을 위에 태우고 천천히 허공으로 떠오르는 원반.

재오는 원반을 밀어 움직였는데, 사람을 태운 무게치고는 손쉽게 원반을 조정할 수 있었다. 그대로 원반의 방향을 조절해 1층으로 뛰는 재오.

그사이 불을 다가오지 못하게 하는 마법의 효력이 다했는지 루시퍼는 다시 한 번 마법을 시전했다.

[어펙트 노멀 파이어!! 블로우 바이올렌티!!]

루시퍼의 보호를 받으며 무사히 1층으로 빠져나온 재오.

불길은 이미 1층으로 옮겨 붙어 있었는데, 2층에 비해 1층은 아직 속도가 더뎌 1층 계단 주변에 있는 상가만을 불태우고 있었다.

불이 번지는 것은 불길이 아닌 불길이 내뿜는 열기에 의해 번질 수도 있다. 그만큼 활활 타들어가는 불의 열기는 강력하다.

하지만 건물에서 일어난 화재가 사람을 죽이는 건 불이 아닌 연기에 의한 경우가 80% 이상을 차지한다. 불길보다는 불길로 인해 생성되는 연기가 더 빠르게 이동하기 때문이다.

이 경우 100% 질식사한다.

Chapter
10

그들, 판도라의 상자를 열다!

1층으로 내려서자마자 뒤도 돌아보지도 않고 터미널 입구로 달리는 재오.

"젠장, 마법이 아니었으면 저 불길을 헤집고 다니는 것은 꿈도 꾸지 못했을 거다."

[그럼! 지구의 과학 문명은 마법 문명에 비할 따위가 아니라고!]

한시름 놓은 듯 루시퍼 역시 자신의 마법을 뽐내는 찰나였다. 갑자기 튀어나와 재오 앞을 가로막는 중년의 사내. 그는 스포츠 모자를 푹 눌러쓰고는 재오를 바라보았는데, 그의 손엔 시커먼 무언가가 들려 있었다.

"어?"

슉!

갑자기 나타난 남자의 행동은 빨랐다. 재오가 사내에 대해 인식하기도 전에 사내는 재오를 향해 팔을 뻗었고, 그 손에 쥐어진 무언가를 작동시켰다.

너무 급작스러운 일이라 도대체 어떤 상황인지도 인식하기 힘든 상황이었지만, 재오는 본능적으로 옆으로 몸을 피했다.

스륵, 팅!

하지만 재오를 구한 것은 재오의 반사 신경이 아닌 플로우팅 디스크(Floating Disc)!

2층에서 구해낸 화상 입은 환자를 태우고 있던 플로우팅 디스크는 순간적으로 재오를 가로막아 중년의 사내가 발사한 총알을 막아낸 것이다.

그랬다. 사내가 손에 들고 있는 것은 소음기가 달린 권총이었던 것.

그 바람에 플로우팅 디스크에 올려 있던 화상 입은 남자는 1층 바닥을 굴렀고, 플로우팅 디스크는 강한 물리적 충격을 받아 소멸해 버렸다.

"대체 너의 정체가 뭐야?"

사내는 믿을 수 없다는 표정을 짓고는 바닥에 쓰러져 있는 재오를 향해 물었다.

사내는 제거의 대상이 되는 상대와는 말을 섞지 않는 것이 룰이었지만, 눈앞에 일어난 상황이 도무지 믿을 수 없는 사실이었기에 재오에 대한 궁금증이 일어났다.

그는 재오가 움직이려 하자 움직이지 못하도록 위협을 주기 위해 팔을 뻗어 재오에게 들이밀었다.

그 사내는 바로 전날 세준과 대화를 한 그 사내였다. 세준이 팀장님이라고 불렀던 바로 그 사내!

"총?"

[푸하! 푸하! 저, 저거 뭐야? 저거에서 뭔가가 튀어나왔는데, 나조차도 반응하기 힘든 속도였어!!]

거친 숨을 몰아쉬는 루시퍼. 루시퍼 역시 본능적으로 플로우팅 디스크를 움직여 총알을 막아낸 것인데, 플로우티 디스크가 재오의 앞에 있지 않았더라면 아무리 그것이 순간적으로 반응했다 해도 총알을 막아낼 순 없었을 것이다. 운이라면 운.

사내 역시 바로 앞에서 쏜 총알을 막아내리라고는 상상조차 하지 못했기에 절대로 이해할 수 없는 상황이었다. 게다가 이상한 원반 위에 사람이 떠 있는 광경이라니…….

물론 지금은 그 원반이 사라져 버렸지만 말이다.

"너 대체 누구야?!"

재오가 말을 하지 않자 다소 격양된 목소리로 거칠게 되묻는 사내였다. 여전히 재오를 향해 권총을 들고 있었지만, 아직은 방아쇠를 당길 생각이 없는 듯했다.

두 손을 들고 천천히 자리에서 일어나는 재오.

[저거 뭐냐니까? 얼떨결에 막긴 했다지만 반응하기 힘든 속도였다고! 뭐 저런 비현실적인 놈이 있을 수 있냐고!!]

"총… 권총. 검이란 무기를 버리고 인간이 선택한 무기. 근접해서 내려쳐야 하는 칼과 창보다는 몇 백 배 빠른 강한 무기이지. 활에서 화살을 발사하는 것처럼 저 '총' 이란 것에서 '총알' 이라는 아주 작은 돌 같은 것을 발사해. 활과 비슷하지만 그것과는 비교도 할 수 없는 위력을 가지고 있지. 총알이라는 것에 맞는 즉시 즉사하니까. 또한 눈에 보이지 않을 정도의 빠르기 때문에 이렇게 마주 보고 서 있는 것만으로도 목숨을 잃었다고 할 수 있지. 활보다 더 긴 사정거리로 인해 멀리 떨어져 있다고 해도 마찬가지. 그런데 어째서? 지금 한국은 권총 사용을 금지하고 있을 텐데?"

[미치겠군! 플로우팅 디스크가 저 권총을 막았다고 하지만, 플로우팅 디스크를 만들어내는 주문 시전 속도보다 몇 백 배 빨라! 뭐지? 무슨 마법을 사용해야 하지?? 매직 아머와 매직

쉴드로는 어림도 없어!]

"대체 무슨 소리를 지껄이는 거야? 네놈 머리가 똑똑한 건 알겠는데, 그게 지금 무슨 필요가 있지?"

사내는 어이없다는 표정으로 재오를 쳐다보며 말했다. 그러자 피식 웃으며 사내의 말에 대꾸하는 재오였다.

"그건 이 상황을 벗어나기 위해 머리 굴리는 소리지. 죽기 전에 하나만 묻자. 넌 대체 뭐야? 왜 나를 죽이려는 거지? 아니, 나를 죽이려고 하는 거 맞아? 난 죽을 정도로 잘못한 게 없는데?"

"그건 네가 알 필요 없어. 다만 누군가가 너의 죽음을 원한다는 거 외엔. 다시 한 번 묻겠다. 너 뭐야? 아까 어떻게 한 거지? 그리고 어떻게 2층의 저 불길 속에서 살아남을 수 있었던 거야? 어떻게 사람을 공중에 띄운 거야? 그리고 아까 사람들을 어떻게 한 거지?"

사내의 정체를 직감한 재오는 핵심적인 질문을 사내에게 던졌고, 사내는 놀랍다는 듯 표정을 지으면서 재오의 대답과 동시에 되물어왔다.

사내의 물음에 살짝 인상을 쓰는 재오가 문득 떠올렸다. 2층에서 사람들을 구한 것을 말하는 것이로군.

"내가 묻는 것을 말해준다면 나도 다 말해줄게. 나를 죽이라 한 사람이 누구야?"

"…그건 나도 몰라."

[제기랄! 이놈만 있는 게 아니다. 네 뒤쪽으로, 아니, 이 건물 사방팔방에 다른 놈들도 숨어 있어! 앞에 서 있는 놈까지 총 네 명! 아! 민경이! 그 녀석 아직 화장실에 있다!]

'이런 미친! 엎친 데 덮친 격이군!'

하지만 재오는 자신의 감정을 겉으로 드러내지 않았다.

"그저 짐작하는 건데, 나를 죽이라 시킨 사람이 한 달 전 지원이랑 내가 당한 그 교통사고와 연관이 있나?"

"머리는 확실히 좋군. 근데 거기까지야. 나도 그 이상은 몰라. 이제 내 차례다. 너 대체 뭔 짓을 한 거야?"

"피식. 혹시 마법을 믿나?"

"마법? 그런 건 어렸을 때나 믿었지."

"그럼 지금도 믿어. 그건 거짓말이 아니더군."

재오의 말에 별안간 커다랗게 웃는 사내. 어이없다는 듯 재오를 개무시하는 표정으로 바라본다.

"미친 거냐? 이제 곧 죽는다는 생각에 정신줄 놔버린 거냐고. 뭐, 어쨌든 좋아. 네가 마법사든 아니든 여기서 죽는 것은 기정사실이니까. 이제 더 이상은 아까 같은 요행은 없을 테니까."

"정말 그럴까?"

"……?"

"내가 말했지. 마법을 믿으라고. 왜냐면 지금 막 내가 살아남을 수 있는 요행을 떠올렸거든."

"뭐?"

"스푹(spook), 그리스(Grease), 판타즈멀 포스(Phantasmal Force)!!"

루시퍼는 재오가 외친 차례대로 마법을 시전했다.

마법에 대한 것은 재오보다 더한 통찰을 이룬 루시퍼였기에 그가 마법 이름을 외친 것만으로도 그것을 어디다 사용해야 하는지를 알아챈 루시퍼였다.

스푹은 상대방에게 극심한 공포심을 불러일으키는 마법이었는데, 루시퍼는 잽싸게 그들에게 총을 겨누고 있는 사내에게 사용했다.

마법에 걸린 사내는 공포심에 이성을 잃고 잠시 멈칫했다. 어떤 사람이든 갑작스러운 감정 변화로 순간적으로 이성을 잃으면 당황하게 된다. 물론 그 행동 양상에 따라 각기 다른 반응을 보이지만, 재오에게 중요한 건 갑자기 들이닥친 공포감으로 잠시 멈칫하는 순간이었다.

사내가 공포심에 이성을 잃고 재오를 향해 권총을 쏠 수도 있었지만, 그건 문제가 되지 않았다.

사내가 권총의 방아쇠를 잡아당긴다 하더라도 당황한 순간 멈칫하는 순간이 존재할 테니까.

재오가 필요했던 것은 그 찰나의 멈칫하는 순간이었고, 그 것이 재오가 스푹 마법을 사내에게 건 이유였다.

사내가 스푹 마법에 걸리자마자 재오는 몸을 낮춰 사내를 향해 슬라이딩을 했다.

여기서 필요한 게 바로 그리스 마법. 그리스 마법은 일정 범위의 바닥을 미끄럽게 만드는 것인데, 기름을 생성해 일어 서기조차 힘들게 하는 마법이었다.

그리스 마법으로 사내에게 다가간 재오는 손을 내뻗어 사 내를 부여잡았다.

"쇼킹 그레스프(Shocking Grasp)!!"

쇼킹 그레스프는 상대방에게 강한 전기 충격을 주는 마법 인데, 신체의 일부가 서로 맞닿아 있어야 효과를 볼 수 있는 마법이었다.

마법이 시전되자 땅에 떨어진 물고기마냥 팔짝팔짝 온몸 을 뒤척이다 그대로 정신을 잃는 사내. 재오는 그대로 몸을 굴려 터미널 구석의 벽으로 몸을 피신했다.

[이런 잔머리의 천재! 어떻게 이런 마법 조합을 생각해 냈 지? 1서클의 마법 목록을 가르쳐 준 것이 바로 어제인데!]

재오는 벽면에 기댄 채 연기에 휩싸인 터미널을 바라본다. 2층에서 번진 불길은 이제 거센 속도로 1층을 집어삼키려 하 고 있었다. 그런데 타들어가는 불길에 서 있는 또 하나의 재오의 모습!!

판타즈멀 포스(Phantasmal Force), 환상을 만들어내는 마법
이다.

환상을 만드는 마법은 각 서클마다 존재하는데, 루시퍼가
시전한 1서클의 판타즈멀 포스(Phantasmal Force) 마법은 환상
중에서도 가장 낮은 등급의 환상이다.

서클이 높아질수록 환상 마법은 더욱더 진짜 같은 환상을
만들 수가 있는데, 예를 들면 판타즈멀 포스(Phantasmal Force)
마법은 정지된 하나의 물체만을 만들며 그다음 단계로 올라
갈수록 소리와 온도, 냄새, 그리고 개수와 움직이는 모습까지
조금씩 보완되어 실재와 거의 똑같은 환상을 만들어내는 것
이다.

그저 정지된, 서 있는 재오의 허상이라면 보통 상황에선 이
질감을 느낄 수도 있겠지만, 화재로 인한 검은 연기가 피어오
르고 있었기에 판타즈멀 포스(Phantasmal Force) 마법으로 만
들어진 재오의 허상은 적절한 효과를 만들어내고 있었다.

재오는 아직 불길이 치솟지 않은 근처의 엄폐물에 몸을 숨
겨 터미널 한가운데에 서 있는 자신의 환상을 바라보았다.

이 마법은 근처에 숨어 있다는 사내의 패거리를 위해 만든
것인데 아니나 다를까.

사내가 쓰러지자 터미널 구석곳곳에 숨어 있던 패거리들

이 잽싸게 뛰쳐나왔다. 그리고 바로 재오를 향해 권총을 쏘아 댔다.

"저들을 제압하는 마법 없어?"

[그건 쉽지! 게다가 세 명이라고! 매직 미사일(Magic Missile)!!]

루시퍼가 주문을 외우자마자 재오의 손에서 환한 빛이 뿜어져 나와 재오의 허상을 쏘아대고 있는 사내들에게 날아갔다. 죽은 듯 그대로 제자리에 쓰러지는 사내들. 재오는 조심스럽게 다가가 그들의 생사를 확인했다.

매직 미사일(Magic Missile)은 유도탄 기능을 가진 공격 마법으로 다섯 개의 매직 미사일을 만들어내 상대방을 공격하는 마법이었다. 위력적이긴 하나 살상 능력은 없었다. 그저 정신을 잃고 쓰러지는 정도랄까.

"뭐야? 죽은 거야?"

[그러고 싶지만 매직 미사일 자체가 위력적이진 않아. 3서클의 화이어 볼(Fire Ball)이라면 모를까.]

"그래? 왠지 자주 애용하게 될 것 같군."

주변 정리가 끝나자 바로 여자 화장실로 뛰어가는 재오. 그는 구석에 있는 칸막이 한쪽에 앉아 벌벌 떨고 있는 민경을 찾아냈다.

"이민경! 왜 아직도 여기에 있는 거야? 빨리 나와!"

"모, 못 움직이겠어! 다리가 내 뜻대로 움직이지 않는다고!"

재오를 본 민경은 다짜고짜 재오를 붙잡으려 했지만, 너무 성급했던 탓인지 바닥에 엉덩방아를 찧고 주저앉고 말았다.

재오를 보고 엉엉 큰 소리를 내어 울기 시작하는 민경. 지금껏 계속 울고 있었던 듯 그녀의 눈은 마스카라가 번져 시커멓게 물들어 있었다.

그녀에게 다가간 재오가 그녀를 잡아 세우려 했지만 이미 근육통, 그리고 극심한 두려움에 다리가 풀려 버렸기에 걷기는커녕 일어나는 것도 힘든 민경이었다.

그대로 민경을 안아 드는 재오.

"흑흑! 왜 이제야 오는 거야. 무서워 죽는 줄 알았잖아!"

불이 나기 전 재오에게 콧방귀를 뀌며 화를 냈던 기억은 이미 안드로메다로 보내 버린 듯 민경은 재오를 꼭 끌어안고 더욱더 서글픈 울음을 쏟아낸다. 그런 민경을 품에 안고 화장실을 빠져나오는 재오. 그가 막 화장실을 빠져나왔을 때, 또다시 재오의 앞을 가로막는 누군가가 있었다.

"멈춰."

"이세준?"

"움직이지 마. 그녀를 천천히 내려놔."

재오를 향해 총을 들이대며 다시금 위협하는 세준. 재오는 그의 위협에 천천히 민경을 내려 세운다. 하지만 민경은 비틀거리는 몸놀림으로 재오의 팔을 부여잡고는 그의 등 뒤에 바짝 붙어 숨었다.

"떨어지라니까!"

"민경이는 상관없잖아. 그녀는 내보…… 윽!"

재오는 자신의 등에 짧은 통증을 느끼며 그대로 바닥으로 쓰러졌다. 무릎을 꿇어 완전히 쓰러지는 것은 면했지만 온몸에 힘이 들어가지 않는다. 제대로 숨을 쉴 수 없는 재오. 갑자기 무슨 일이 일어난 건지 알 수가 없다. 다만 자신을 향해 뛰어오려던 세준이 인상을 찡그리며 멈춰 섰다는 것. 그는 여전히 총을 겨누고 있었지만 자신이 아닌, 자신의 등 뒤에 있는 누군가를 향하고 있다는 것을 알아챘다.

'설마?'

있는 힘을 다해 뒤를 돌아보려 고개를 돌렸지만, 등 뒤에 있는 누군가의 발길질로 그대로 바닥에 쓰러져 버렸다.

"윽!"

"뭐예요, 이세준 씨? 설마 이 녀석을 살리려고 했던 건가요?"

이민경!

방금 전까지만 해도 다리에 힘이 풀려 제대로 서 있질 못했던 민경은 언제 그랬냐는 듯 멀쩡한 모습으로 한 손에 커다란 군용 나이프를 들고 세준을 쏘아보고 있다.

그녀의 손에 들린 새빨간 피가 묻은 군용 나이프.

물끄러미 그녀가 들고 있는 나이프를 바라보는 세준.

"⋯⋯."

"정말 그런 거예요, 이세준 씨?"

말없이 총을 내리는 세준은 씁쓸하다는 표정을 짓고 있다.

"정말 어이가 없군요. 이 녀석이랑 무슨 정이 쌓였다고 다 잡은 물고기를 놔주려고 한 거죠?"

"⋯⋯."

"하마터면 모든 계획이 물거품이 될 뻔했잖아요!!"

지금까지 경박하고 무식했던 민경이 아니었다. 딱딱한 말투에 싸늘한 표정의 민경.

방금 전의 민경이라고는 전혀 생각할 수 없는 모습이다.

"솔직히 이렇게 할 필요는 없잖아. 단지 재오를 서울로 올라가지 못하게 하면 될 뿐이었는데."

"배부른 소리! 이 녀석 때문에 우리 요원들이 얼마나 많이 쓰러졌는데!! 아무튼 책임은 복귀한 후에 묻겠어요!"

세준의 말에 차갑게 대꾸한 민경은 몸을 돌려 바닥에 쓰러진 재오에게 다가왔다. 그리고 잔뜩 성난 표정으로 재오의 옆구리에 발길질을 해댄다. 재오의 입에서 피가 쏟아졌다. 하지만 그런 것에는 아랑곳하지 않고 재오의 멱살을 잡는 민경.

세준의 얼굴엔 안타까운 감정이 나타났지만 멍히 그들을 바라볼 뿐, 아무런 제재도 하지 않고 있다.

"너 대체 뭐야? 어떻게 보통 사람이 이렇게까지 할 수 있는 거지?"

"아까 날 가로막은 남자도 그렇게 물어봤지."

힘들지만 실실 웃으며 대답하는 재오. 그의 태도에 화가 난 듯 재오의 뺨을 서너 차례 때리는 민경. 그녀는 다시 재오에게 물었다.

"말해! 너의 정체가 뭔지!"

"나? 마법사."

여전히 실실 웃으며 대답하자 민경은 재오가 자신을 조롱하는 것이라 생각하고는 군용 나이프를 그의 목에 갖다 대었다.

더 이상 대화 따윈 나눌 필요 없이 당장 죽이겠다는 심산이었다.

"이왕 죽을 거, 하나만 묻자. 너희들의 정체가 뭐야?"

"이왕 죽을 놈에게 베풀 자비는 없어!"

"PMC 소속 군인들이야."

"이세준 씨!"

대답을 한 것은 등 뒤에서 그들을 지켜보던 세준이었다. 차가운 민경의 시선이 세준을 향했으나 그는 담담히 대답한다.

"어차피 죽을 텐데 뭘. 알고 싶은 건 알려주자고. 지금 이 상황도 웃기잖아? 우리 또한 왜 죽여야 하는지 모르는데. 아무것도 모른 채로 죽으면 더 억울할 테지."

"PMC? 민간 군사 기업에서 이런 스파이 활동을 하나?"

민경은 맘에 들지 않는다는 표정을 지었지만, 순순히 재오의 물음에 대답했다.

"보통의 PMC라면 불가능하지. 하지만 우리는 국가 조직에 가까운 PMC거든. 겉으론 경호 업체의 간판을 달고 있지만."

"아하, 그렇군."

"우리 역시 왜 널 죽여야 하는지 몰라. 하지만 이것이 우리의 임무라서."

여전히 차가운 얼굴을 한 민경은 군용 나이프를 고쳐 잡고는 하늘 높이 쳐들었다. 단번에 숨통을 끊으려는 것이다.

"어쨌든 이제 끝이다, 한재오. 마지막은 고통 없이 보내주마."

"그런데 말이야, 그 마법사라는 거, 거짓말 아냐."

"……?"

"쇼킹 그레스프!!"

민경의 나이프가 재오의 목 바로 앞까지 날아왔다. 재오가 외치는 것과 외침을 듣고 루시퍼가 마법을 발동하기까지 약간의 시간이 있었기 때문에 나이프는 그대로 재오의 목을 찌를 뻔했다.

나이프의 끝이 아주 살짝 재오의 목을 스쳤을 때, 민경은 그대로 몸을 들썩이며 군용 나이프를 떨어뜨리고는 바닥으로 쓰러졌다.

뒤늦게 세준이 뛰어왔지만, 이번엔 세준의 눈을 향해 손을 뻗는 재오. 목에 따끔한 통증을 느껴 황급히 목을 쓰다듬던 중이다.

"캑캑, 컬러 스프레이(Color Spray)!"

재오의 손에서 희뿌연 액체가 나와 세준의 눈에 뿌려졌고, 세준은 그대로 비명을 지르며 바닥을 굴렀다. 바닥에서 몸을 일으킨 재오는 재빨리 세준의 총을 뺏어버리고는 그대로 세준을 제압해 움직이지 못하게 했다.

"따갑긴 하겠지만 눈은 괜찮을 거야. 하지만 우린 아직 할 말이 남아 있지."

"한, 한재오? 어떻게 된 거야? 분명 민경의 칼을 맞았을 텐데!"

민경이 재오의 등을 찔렀을 때, 그것이 그에게 커다란 타격을 준 것은 틀림없는 사실이다.

하지만 루시퍼가 맨 처음 재오에게 걸어줬던 매직 아머, 매직 쉴드. 불길에 휩싸인 2층을 헤집고 다녔던 탓에 그 위력이 상당히 약해져 있었기에 민경의 공격을 100% 막지는 못했지만 치명상을 피할 수 있었다.

그리고 루시퍼의 응급조치 덕분에 재오의 상처는 회복되었고.

재오는 그들의 정체를 확인하기 위해 지금껏 부상당한 흉내를 내며 세준과 민경의 동태를 살펴보고 있었던 것이다.

"자, 이제 니들이 알고 있는 것을 말해."

"무, 무엇을……?"

"아까 민경이가 한 말 그대로야! 우리는 그저 명령만……."

"알아. 그거 말고, 나에 대해서 얼마나 알고 있는지 말이야."

"……."

세준이 말이 안 하자 주먹으로 그의 복부를 강타하는 재오였다.

"콜록!"

"엄살 부리지 마. 나는 거의 죽을 뻔했어."

"몰, 몰라. 우린 그냥 널 감시하고 너를 서울로 못 올라오게 하라는, 그게 안 되면 죽여 버리라는 임무를 받았을 뿐이야!"

"병원에서 나를 감시했나? 내가 병원에서 한 일을 알고 있나? 그리고 지하철에서는?"

"병원에서는 우리가 감시하지 않았다. 우린 네가 퇴원을
한 후부터였어. 그리고 지하철에서는 네가 갑작스럽게 움직
여 널 찾는 몇 분의 시간이 필요했고."

"......"

[더 이상 여기에 있으면 위험해.]

불은 활활 타올라 1층 전역으로 확산되고 있었다. 더 이상
시간을 끌면 그곳에 있는 모든 것이 불길 속에 휩싸일 터였
다. 한참을 생각하던 재오는 조용히 입을 열었다.

"거래를 하자."

"......?"

"아니, 협박이라고도 할 수 있지."

"......?"

*   *   *

잠시 후, 세준은 그의 동료들에게 구조되어 냉동 트럭으로
위장한 지휘 차량으로 옮겨졌다.

물로 눈을 씻은 세준은 그제야 두 눈을 뜰 수 있었는데, 자
신을 구한 다른 요원에게 그 이후의 상황에 대해서 물어보았
다.

"김태영 팀장님과 다른 요원들은 현재 병원에서 치료를 받

는 중입니다. 병원에서의 연락에 의하면 모두들 생명에는 지장이 없다는군요."

"웃기군. 한재오를 제거하기 위해 일으킨 불장난에 팀원 모두가 실려 가다니."

"그래도 제거했으니 다행인 거 아닙니까?"

"……."

동료의 말에 세준은 아무 말도 하지 않았다.

심각한 표정을 지은 채 자신이 동료들에게 구조되기 전의 상황을 되새겨 본다.

그때 재오가 세준에게 했던 말, 거래 혹은 협박에 대해.

"간단해. 지금 한재오는 너희들이 계획했던 대로 이곳에서 죽는다."

"……?"

"너는 나의 죽음을 너에게 명령을 내린 그 사람에게 알리기만 하면 되는 거야. 말인즉슨 내가 살아 있다는 것에 대해 입 다물라는 거지. 그렇다면 최소 너와 너의 조직은 선드리지 않을게."

"만약 내가 그렇게 하지 않는다면?"

세준은 재오의 대답을 기다렸지만, 재오의 목소리는 더 이상 들리지 않았다. 그제야 그가 사라졌다는 것을 깨닫고는 황급히 무전을 쳐 그곳에서 빠져나온 세준. 머리가 혼란스럽다.

"불이 난 터미널 건물에서 나온 사람 없었어?"

"네? 빠져나간 사람이라니요? 그때는 나올 사람은 다 나온 터라 소방관 복장으로 위장한 우리 외에는 출입한 사람은 없었는데요?"

"아니. 그냥 혹시나 해서."

세준은 몸을 일으켜 냉동 트럭으로 위장한 지휘 차량에서 밖으로 나왔다.

불이 난 터미널의 근처에 주차된 차량. 하지만 재오를 제거하기 위해 동원된 차량은 그것만 있는 것은 아니었다. 터미널을 둘러싸고 몇 대의 냉동 트럭이 더 있었고, 요원들 또한 일반인으로 변장해 터미널을 둘러싸고 삼엄한 감시를 이루고 있었던 것이다.

그런데……

"도대체 어떻게 그곳을 빠져나간 거지?"

주변을 둘러보며 침을 꿀꺽 삼키는 세준. 처음부터, 처음부터 생각해 보자.

터미널에서 화재가 난 것은 그들이 조작한 것, 2층과 1층에 폭발을 일으켜 화재를 일으키고 혼란한 틈을 타 재오를 제거하려는 것이 애초의 계획이었다.

하지만 처음 2층에 폭발물을 설치하고 1층에 폭발물을 설치하려고 할 때, 무엇을 잘못 설치했는지 먼저 설치되었던 2층의 폭발물이 폭발했고, 그로 인해 그들의 작전은 위기사항을 맞게 되었다.

인위적인 화재를 일으켜 재오를 유인하고 제거하는 계획에 차질이 생겼던 것인데, 갑작스런 화재는 재오를 유인할 계획을 실행할 수 있는 시간적 여유를 주지 않았다.

거의 포기 상태라고 생각했던 것인데, 다른 사람들과 섞여 밖으로 빠져나갈 줄 알았던 재오가 터미널 2층으로 올라갔던 것이다.

보통 사람이라면 2층에 올라가기는커녕 올라갔다 하더라도 불길에 휩쓸려 죽었을 것이 뻔했다.

하지만 재오는 그 불길 속을 뚫고 사람들을 구해 2층 밖으로 내던졌으며, 다시 2층 불길을 뚫고 미처 피하지 못한 다른 사람을 구해 1층으로 내려왔던 것이다.

재오의 생사를 확인하기 위해 마지막까지 소수의 요원들과 함께 남아 있던 김태영 팀장이 다시 1층으로 내려온 재오를 보고 황급히 제거 작전에 들어갔던 것인데, 급조된 제거 작전이었다고 하지만 실전 경험으로 다져진 그들을 재오가 제압할 줄은 꿈에도 생각하지 못했다.

급조되었다고는 하지만 재오는 민간인이었고, 그들은 어떠한 상황에서도 100%의 작전을 수행할 수 있는 전문 요원들이었다.

그런데 그 상황에 화장실에 남겨져 있던 민경을 구하러 갈 줄이야.

민경은 최후의 상황을 위해 남겨둔 마지막 패였는데, 재오는 그 패까지 깨뜨리고는 그곳을 벗어난 것이다.

'대체 어떻게⋯⋯.'

자신을 구조한 요원의 말로는 분명 그곳을 출입하는 사람은 없었다고 한다. 터미널을 지켜보는 인원은 수십 명이고, 그들은 서로 무전으로 터미널의 안과 밖에서 일어나는 모든 정보를 공유하고 있었기에 요원의 말이 혼자만의 착각이라고 하기엔 터무니없는 사실이었다.

세준이 동료들에게 무전을 치고, 그들이 세준을 구하러 올 때까지의 시간은 대략 1분에서 3분 사이. 세준이 터미널에서 빠져나오는 데 걸린 시간은 1분 정도.

"도대체 무슨 마법을 부린 거지?"

요원의 말에 의하면, 재오의 시체는 1층 계단 앞에 나뒹굴고 있었다고 하는데, 이미 그곳은 불길이 집어삼키는 상태였기에 정확히 확인할 수는 없었지만 분명 재오의 옷을 입고 있다고 했다. 그리고 그들이 재오에게 장치한 추적 장치는 화재에 불타 없어지기까지 터미널 1층에서 나타나고 있었다.

그 짧은 시간에 자신의 흔적을 위장하고 그곳을 빠져나가다니……

게다가 재오는 터미널이 화재가 난 것이 그들의 계획이라는 것을 이미 알고 있었던 것이다.

일례로, 재오는 김태영 팀장과 세준 등에게 여러 가지 질문을 했는데, 그가 한 질문은 모두 중복됨이 없는 정확히 요점만 노린 것이었다. 마치 모든 것을 전부 알고 있다는 듯이.

세준은 그가 남겼던 말을 곱씹어봤다.

"한재오는 너희들이 계획했던 대로 이곳에서 죽는다. 내가 살아 있다는 것에 대해 입 다물라는 거지. 그렇다면 최소 너와 너의 조직은 건드리지 않을게."

대체 뭐 하는 놈이지?

그들이 건네받은 재오의 신상명세는 그저 보통 사람 이상일 수도, 보통 사람 이하일 수도 없는 지극히 평범한 것이었다.

하지만 지금 재오가 보여준 능력은 보통 사람으로서는 도저히 생각할 수 없는 상상을 초월한 것이다.

그리고 세준은 그가 속해 있는 조직 내에서 최고 첩보요원, 한국 정부의 국정원에서도 그와 비교될 사람이 없을 정도의 실력을 가진 최상급 스파이다.

게다가 그의 전문 분야는 바로 사람의 심리! 심리 관련 학위만 몇 개를 가진, 인간의 마음을 읽고 예측해 첩보 활동을 하는, 인간의 심리에 관해서라면 해외의 정보기관에서도 알아주는 최상급 첩보 요원이었던 것이다.

그런데 그러한 세준을 아주 가볍게 밟아버린 한재오.

"…최소 너와 너의 조직은 건드리지 않을게."

갑자기 등이 오싹해지는 세준. 온몸이 떨려왔다.

마지막 그가 한 말만큼은 절대 허투루 들을 수 없는, 건드리지 말아야 할 판도라의 상자를 움직였다는 것을 깨달았다.

안 봐도 뻔하다.

누가 재오를 노리는지 세준도 몰랐지만 재오라면 그 사람을 찾을 수 있을 것이고, 그 사람을 찾는다면 분명히 복수를 할 것이니까.

"어기면 협박, 수락하면 거래라……. 당연히 거래를 선택해야겠지. 나의 마지막 반문에 대답을 안 했다는 것은 이제 곧 나를 찾아오겠다는 의미인가?"

침을 꿀꺽 삼킨 세준은 불이 진화되었음에도 여전히 시커먼 연기를 내뿜는 터미널 건물을 바라보며 떨려오는 가슴을 진정시키기 시작했다.

Chapter
11

그리고 남은 한 단어

불이 난 터미널에서 멀리 떨어진 한 편의점.

후줄한 러닝셔츠와 맨발의 재오는 편의점 앞에 설치된 간이 의자에 앉아 빵과 우유를 우걱우걱 먹고 있다.

[뭐야, 너? 넌 지금 빵이 들어가냐? 산전수전 다 겪은 나도 이런 뭐 같은 상황이 이해가 안 돼 어리바리한데…….]

"나도 그래. 하지만 배고파."

빵을 들고 있는 재오의 손이 떨렸다. 정말 배가 고팠던 듯 심하게 흔들리는 손을 진정시키며 입 안으로 빵을 집어넣고 있는 재오였다.

솔직히 먹고는 있지만, 지금 자신이 먹는 빵이 당최 어떤 맛인지는 느껴지지 않았다.

하지만 배가 채워지자 심하게 떨리던 재오의 손도 조금씩 진정이 되어갔다.

빵을 다 먹고 포만감이 생기자, 그제야 온몸의 흔들림이 진정되었다.

남아 있는 건 재오의 손 안에 들린 우유뿐. 아직 반이 남아 있는 상태였다.

하지만 재오는 마실 생각이 없는 듯 우유를 흔들어 출렁거리는 것을 느끼고 있었다.

잠시 후 흔들리는 우유를 바라보는 재오의 눈에서 눈물 한 방울이 떨어졌다.

공포, 위기, 임기응변, 살기 위한 발버둥……. 그 모든 것이 해결된 지금에서야 뒤늦게 재오의 감정이 나타난 것이다.

[무서웠냐? 지금 네 반응을 보니까 네가 사람처럼 보인다.]

"좆나게 무서웠어. 아니, 좆나게 이 상황이 이해가 안 돼."

[정말? 난 네가 더 이해가 안 되는데? 네가 그렇게 말은 하지만, 내가 보기엔 무서울 정도로 침착하게 그 순간을 빠져나오던데?]

"자칫 잘못하면 죽을 뻔했으니까."

[…….]

그때, 세준에게 거래 내용을 말한 재오는 그의 대답도 듣지 않고 바로 몸을 움직여 터미널 바닥에 쓰러져 있는 남자에게 다가갔다.

그는 재오가 2층에서 구조해 낸 사람이었는데, 1층으로 내려온 직후 갑자기 나타난 김태영 팀장에 의해 바닥으로 내동댕이쳐졌던 사람이었다.

그 남자는 온몸의 피부가 타들어가는 심한 화상을 입고 있었는데, 그때는 이미 때를 놓쳤던 터라 숨을 거둔 후였다.

재오는 생각할 틈도 없이 자신의 옷과 신발을 벗어 숨진 사내에게 입히고, 자신의 핸드폰까지 사내의 주머니에 넣었다.

심하게 화상을 입은 사람은 정밀 검사를 하지 않는 이상 그가 누군지 구분할 수 없었기 때문이었는데, 재오의 은닉으로는 최상의 상대였던 것이다. 그리고 그 후 재오는 세준과 쓰러진 요원들을 구하러 들어오는 사람들을 기다려 체인지 셀프(Change Self) 마법을 시전했다.

체인지 셀프 마법은 자신의 모습을 다른 사람의 모습으로 변신시켜 주는 마법인데, 변신 마법도 마법의 등급에 따라 여러 가지가 있었다.

이 마법 역시 마법의 등급에 따라 마법의 위력이 다른 마법이다. 1단계 제일 낮은 변신 마법인 체인지 셀프는 단지 모습만 바꿀 수 있었는데, 목소리나 변신의 대상이 갖는 특성은 따라할 수 없었다.

체인지 셀프란 변신 마법을 사용해 황급히 그 자리를 벗어난 재오. 어쨌든 재오의 위장은 완벽하게 이루어졌던 것이다.

[그 세준이란 놈, 왜 살려놓은 거야? 그놈이 네 말을 들을 거라는 보장도 없는데.]

"괜찮아. 안 들으면 다 조져놓지, 뭐."

[……]

흔들리는 우유를 바라보며 눈물을 흘리던 재오는 언제 그랬냐는 듯 굉장히 차갑게 대꾸했다. 이미 어떠한 결심이 선 듯 스스로의 마음을 추슬렀던 것. 그 짧은 시간에 말이다.

[대체 어쩔 생각이야? 솔직히 난 뭐가 뭔지 모르겠다. 제3자의 입장에서 너의 대응은 정말 귀신, 아니, 신에 해당되는 능력이다. 그래서 앞으로 어쩔 건데?]

"내 주의가 뭔지 알아? 당한 만큼 갚아주는 거야. 서로에게 피해를 주지 않고 자신이 하고 싶은 일을 하는 것이 이 시대의 미덕이지. 개인적으로 그런 미덕 별로 안 좋아하지만."

[그런데?]

"그런데 피해를 줬잖아? 그것도 피해라고 할 수 없는 강력한 데미지를 나에게 줬단 말이지."

[그래, 피해라고 하기엔 '메테오 스톤' 감이지.]

"…그래, 인정할게. 만약 내가 널 만나지 않고 나 혼자 당한 일이라면 아마 난 어리바리하고 있었을 테지. 아니, 만약 한다고 해도 굉장한 시간이 걸릴 거야. 평생 쫓아도 잡을 수 있을까 말까 하는."

[응? 대체 무슨 소리야? 제발 내가 이해할 수 있는 단어로 이야기해라. 세준을 살려 준 것도 그렇고, 세준에게 이상한 제안을 한 것도 그렇고, 그리고 지금 네 모습도 그렇고. 대체 뭐냐? 너 좀… 무섭다?]

재오는 빵 봉지를 구겨 쓰레기통에 처넣으며 의자에서 일어났다.

"당한 만큼 갚아줘야지. 이런 일을 아주 자연스럽게 행한 그놈을."

차갑게 말하던 재오는 어느 샌가 평소 때의 재오 모습으로 되돌아와 있었다.

무표정의, 자신의 감정을 드러내지 않는 재오의 표정. 하지만 무서울 정도로 그의 눈동자는 안광을 쏘아내고 있었다.

[음, 저기… 근데… 대충 네 마음 알겠는데, 세준이도 그랬잖아. 자신에게 명령을 내린 사람은 세준이도 모른다고. 근데 어떻게 하려고?]

재오의 기에 눌린 루시퍼가 조심스럽게 입을 열었다.

"호랑이 사냥이라고 아냐? 아니, 해봤냐?"

[호랑이 사냥? 사자는 잡아봤는데 호랑이는……. 내가 활

동하는 세계는 호랑이가 드물어서…….]

"호랑이란 놈은 그 습성이 숨어 지내는 터라 흔적을 쫓기가 힘들어. 물론 사자만큼 위험하기도 하고. 그렇기 때문에 호랑이 사냥을 하기 위해선 호랑이 똥부터 찾아야 해."

[호랑이 똥?]

"호랑이 똥을 찾기 전에 일단은 호랑이가 사는 지역부터 확인해야겠지만 말이야."

[…너 레인저 맞구나?]

"일단 생각 좀 추슬러야겠어. 어쨌든 보통 상대는 아니니까. 생각도 좀 정리하고, 계획도 좀 세우고. 여하튼 당분간 이곳에 머물러야겠다.

[왜? 지금 당장 올라가서 하지?]

"일단 신발부터 사고. 그 아저씨 신발이 너무 작았어. 미안하긴 하네."

재오는 맨발인 자신의 발가락을 꼼지락거리며 말했다.

[쳇. 뭔 생각인지 모르겠지만, 하려면 지금 당장 하지. 재미없어.]

"호랑이 사냥을 하기 위해선 호랑이를 잡을 준비를 해야 하니까. 하지만 우선은 마법부터 익히고 사냥 준비는 그때부터 하자."

[아, 맞다! 마법! 세계 정복해야지!]

뒤늦게 생각난 루시퍼가 큰 소리로 외쳤지만, 곧 재오에게 싫은 소리 들을까 봐 금세 입을 다물었다. 어쨌든 루시퍼의 목적은 어떻게 하든 재오를 통해 세계 정복을 하는 거니까.

하지만 재오는 루시퍼의 말은 신경도 쓰지 않고 거제 시내를 걷기 시작했다.

사람들이 러닝셔츠에 맨발 차림인 재오를 힐끔거렸지만, 재오는 그런 것에는 신경도 쓰지 않고 유유히 사람들 속으로 걸어 들어갔다.

그렇게 모습을 감춰 버렸다…….

그리고 시간은 흘러 6개월이 지났다.

『현대마검전』 2권에 계속…

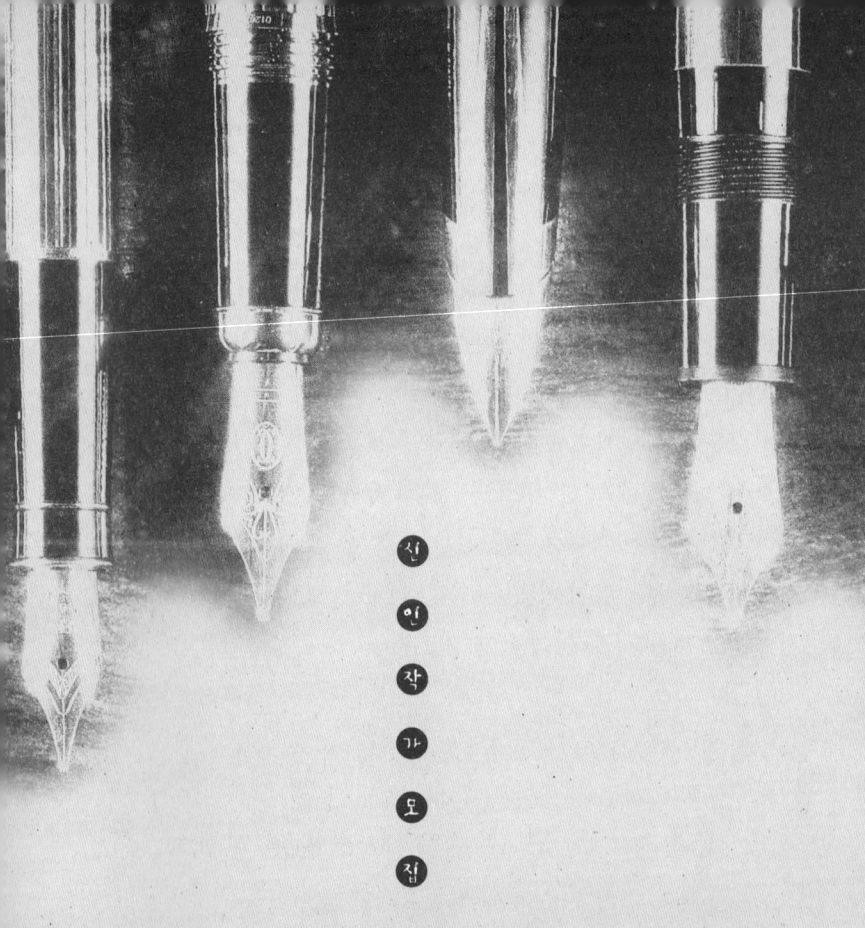

NOMEN

노멘

이영균 장편 소설

**억울한 누명으로 인한 감옥살이 1년.
직장, 친구, 애인도… 모두 떠나 버렸다.**

911테러 이후, 극비리에 진행된 프로젝트.
그리고 그 결과물, 슈퍼컴퓨터 HAL8999

대한민국의 평범한 청년 동범과
인류가 만든 최고의 컴퓨터에서 깨어난 존재의 만남.

Nomen est omen 이름이 곧 운명!

**인류의 미래를 가르는 사건은
이 우연한 만남으로부터 시작되었다.**

Book Publishing CHUNGEORAM

유행이 아닌 자유추구 -
WWW.chungeoram.com

오채지 新무협 판타지 소설

十兵鬼
십병귀

마교가 무림을 일통한 지 십 년.
강호의 도의는 땅에 떨어지고 오작 칼의 법칙만이 지배하는 환란의 시대는 끝날 기미를
보이지 않았다. 그러던 어느 날, 혼마(魂魔)가 죽었다. 오십 세에 혼세신교(混世神教)
의 교주로 등극, 구십 세에 구주팔황과 사해오호를 정복한 철의 무인은 고락을 함께
했던 수백 명의 마군(魔軍)들이 지켜보는 가운데 조용히 숨을 거두었다. 그리고 삼 년 후,
한 사람이 신교를 떠났다.

마도의 하늘 아래 살 수 없는 자, 금사도(金砂島)로 오라.

신비로운 열 개의 병기, 내력을 알 수 없는 사내,
그를 만나기 위해 찾아온 수많은 사람들의 금사도를 향한 여정은
과거에도 없었고 앞으로도 없을 대살성의 탄생을 예고하는 서막이었다.

CASTLE OF ANOTHER WORLD

강한이 장편 소설

이계 마왕성

『이계만화점』의 작가 **강한이**가 돌아왔다.
그가 전하는 신개념 마왕성의 이야기!

가족을 잃고 더부살이로 받던 설움을 떠나
서울로 상경해 우연히 얻은 셋방
그곳 지하실에서 채빈의 불행한 인생이 뒤엎어진다!

이계마왕성!

그곳에서 배워라, 지혜가 되리라!
그곳에서 얻어라, 내 것이 되리라!

마왕이 아니다, 마왕성을 이용하는 현대인일 뿐.

마왕성의 사나이, 그가 이제 날아오른다!

Book Publishing CHUNGEORAM

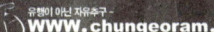

유행이 아닌 자유추구 -
WWW.chungeoram.com

귀월 鬼月

참마도 新무협 판타지 소설

"하늘의 달은 벗 삼아도
땅 위에 떠오른 달은 피하리.
그 달 아래 춤을 추는 자,
사람이 아니라 귀신일지니……"

뜨거운 대지 위에 차가운 달이 떠오른다.
희뿌연 검광과 피가 흩뿌려지고
망자의 혼이 허공에서 춤출 때
귀역의 사자가 그곳에 있을 것이다.

유행이 아닌 자유추구 -
WWW.chungeoram.com
Book Publishing CHUNGEORAM